B comme
Amour

Nathalie Denes

Illustrations de Séverine Aubry

B comme Amour

RAGEOT

Ô délire d'une heure auprès de lui passée,
Reste dans ma pensée !
Par toi tout le bonheur que m'offre l'avenir
Est dans mon souvenir.

Marceline Desbordes-Valmore, *Le souvenir.*

ISBN 978-2-7002-3528-9
ISSN 1951-5758

Le thème que j'aime

M. Pic notre prof de français nous a demandé de faire un exposé. Nous devons choisir un thème et l'illustrer par des textes que nous choisirons. Je n'ai pas hésité. Il n'y a qu'un sujet qui me captive, un seul qui mérite mon attention : l'amour.

En fait, si l'amour m'intéresse autant, c'est que je n'y connais rien. Ma vie amoureuse est inexistante. Ça devient inquiétant. J'ai bientôt quatorze ans, je suis en quatrième, et je sens qu'il faut que je commence à m'y pencher d'une manière ou d'une autre... La littérature est un bon point de départ.

Je suis une adepte du style « passe-partout », du coup, au collège, personne ne me remarque. Sauf Lucille, ma meilleure amie, qui m'a tout de suite repérée quand je suis arrivée en septembre. Pourtant je ne porte rien d'extravagant, ni de très mode. De haut en bas mon uniforme ressemble à : un blouson noir (sans fourrure au col), ou une veste en jean quand il fait bon ; des pulls noirs ou gris chiné, col en V ; des tee-shirts tout simples ; des jeans bleus, des baskets basses ou montantes, noires ou blanches.

Bref, je suis complètement transparente. En plus, mes cheveux sont d'un banal absolu ! Il n'y a tellement rien à en faire que c'est ma mère qui continue à me les couper. Le résultat n'est pas spécialement moche, mais pas spécialement joli non plus. Je rêve parfois de les teindre en rouge, mais évidemment je n'ose pas.

La seule excentricité que je m'autorise ne se voit pas. Il s'agit de mes chaussettes. Comme je n'aime pas beaucoup mes pieds, je porte beaucoup d'attention à ce qui les cache. J'ai une vraie collection de chaussettes. De toutes les couleurs, de toutes les matières, de toutes les tailles…

J'ai acheté ma première paire en classe de neige en CE2. Elles étaient rouges avec des cœurs blancs. Depuis, j'ai surtout investi dans les rayures. Mes préférées sont celles à orteils. Le jour viendra où j'oserai les mettre. Il faudra que ce soit un jour particulier. Peut-être quand j'aurai (enfin) un amoureux?

Bref je n'attire pas l'attention et je ne m'en porte pas trop mal. Pour les histoires d'amour, je compte sur les vacances. Il faudrait juste que mes parents se décident à m'envoyer en colo. Lucille, elle, y est allée et m'a confirmé ce que je pensais : c'est un bon plan.

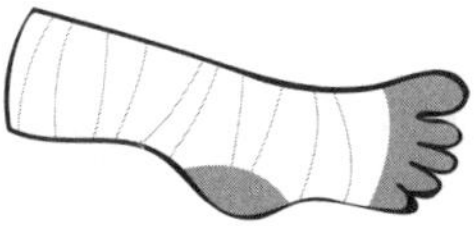

En attendant, cet exposé c'est ma chance. Je vais pouvoir me renseigner ni vu ni connu, sous prétexte de recherches pour le collège !

Pour M. Pic, l'intérêt de cet exposé est de s'assurer que nous savons ordonner nos idées et les présenter de manière simple, claire et concise. Il nous a d'abord demandé de lui remettre un plan détaillé.

Pour moi, c'est très simple, je n'envisage de traiter que ce qui m'intéresse :

1 - Comment et pourquoi on tombe amoureux ;

2 - Comment et pourquoi on n'est plus amoureux.

Quand je lui ai montré mon plan, il m'a regardée bizarrement. Il a caressé son bouc quelques instants et m'a dit :

– Entre la rencontre et la rupture, il se passe quelque chose. Et c'est souvent cela qui est raconté en littérature. Il faudra que tu en parles. Tu sais comment trouver les réponses ?

Normalement, dans ces cas-là, j'interroge ma mère. Elle m'explique toujours tout, même quand je ne lui demande rien. Seulement, là, il y a un problème : ma mère est nulle au sujet de l'amour. La preuve : avec mon père, ils ont divorcé après trois ans de mariage et, depuis, elle dit qu'elle n'est jamais retombée amoureuse.

Elle ne veut rencontrer personne, elle trouve qu'aucun homme ne la mérite. Quand je suis chez mon père, au lieu de sortir chercher un amoureux, elle sort avec ses copines…

Je pourrais éventuellement me renseigner auprès de ses deux amies, mais elles sont comme maman. Carine parle beaucoup d'amour, pourtant il ne se passe pas grand-chose dans sa vie. Elle explique qu'elle n'a pas encore trouvé la recette pour garder un homme. Pour Louisa, c'est différent. Ça n'a pas l'air de la tracasser. Elle dit tout le temps : « Pas d'hommes, pas de problèmes ! »

Si seulement j'avais une grande sœur, ça faciliterait tout ! Inutile de compter sur mon demi-frère : il est plus petit que moi…

Je pourrais demander à Clarisse, la nouvelle femme de mon père, elle est sympa, mais je n'ai pas envie d'avoir l'avis de ma belle-mère sur l'amour. Je sens que je vais être obligée de poser la question à Mina, sa fille. Ça tombe bien, ce week-end je vais chez mon père.

Ose, Rose

J'ai de la chance, Mina est là ce week-end, mais elle a toujours l'air occupée. Je n'ose pas aller lui parler. Alors je joue avec Léo, mon demi-frère. Nous construisons des tours, des routes et des escaliers en Kapla sur lesquels nous installons des bonshommes Playmobil. Nous créons aussi une piste pour hélicoptères, un pont pour que les animaux sauvages puissent traverser la route, un enclos à chèvres, une cour de récréation et un parking.

Je sais que ce n'est plus de mon âge, mais j'adore ça ! À la fin de la journée, Léo me dit que je suis la grande demi-sœur la plus sympa du monde !

Et ça, ça me plaît !

Je tourne autour de Mina sans oser l'interroger. J'ai peur qu'elle me prenne pour un bébé. Déjà qu'elle m'appelle « la mioche », ce n'est pas la peine d'en rajouter. Pourtant je suis sûre qu'elle pourrait m'aider. Elle a tout le temps des petits copains ! Non seulement elle sait comment on tombe amoureux, mais en plus elle sait forcément pourquoi on ne l'est plus.

Dimanche matin, impossible d'interroger Mina : nous allons à la piscine avec papa et Léo. On s'amuse trop bien ! Léo, muni de ses petites lunettes, passe environ mille fois sous mes jambes. Je lui fais une démonstration d'équilibre et de sauts périlleux.

En rentrant, je croise Mina qui finit ses tartines. Je préfère ne pas la déranger. Je ne sais pas comment elle fait pour dormir autant... C'est un mystère. Moi aussi, j'aime traîner au lit mais pas aussi tard... Je me demande si elle n'attend pas le dernier moment pour se lever, juste pour énerver sa mère qui déteste ça.

Quand on arrive pour déjeuner tout est prêt, elle est habillée, maquillée…

J'attends que Mina sorte de sa douche et je réussis à me retrouver seule avec elle. Je trouve enfin le courage de lui parler :

– Dis, Mina, je dois faire un exposé. Tu pourrais m'aider ?

– Un exposé sur quoi ?

– Sur l'amour.

– Sur l'amour ? Mais qu'est-ce que tu vas dire ? T'y connais rien !

– Ben non, c'est pour ça que j'ai besoin de toi.

– Hmmm.

– Je suis sûre que tu sais plein de choses, toi, sur l'amour.

– Hmmm. Je vais voir ce que je peux faire.

– Merci ! T'es super sympa.

– Si j'ai le temps !

À cet instant, l'interphone sonne. Mina grimace et me dit :

– Bienvenue en enfer, voilà pépé et mémé.

Pépé et mémé, ce sont les parents de Clarisse. Je ne les ai vus qu'une ou deux fois et ils n'avaient pas l'air si terribles que ça !

Le problème c'est que le repas va s'éterniser et moi, je dois partir à quatre heures. Je sens que je n'aurai toujours pas de début de réponse ! En plus, on doit présenter au prof le début de notre exposé à la fin de la semaine.

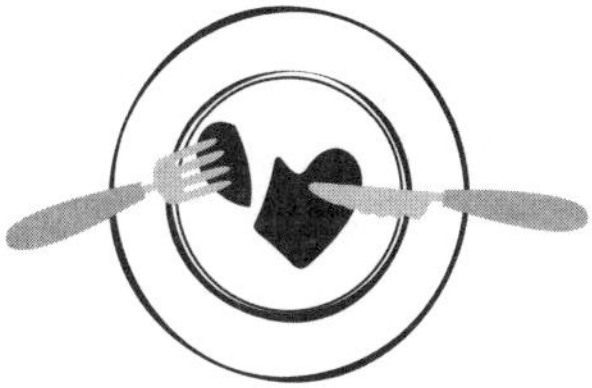

Le déjeuner dure longtemps. Mémé est incroyablement bavarde et curieuse. Lorsqu'elle n'a plus rien à dire, elle bombarde les autres de questions. Quant à pépé, il passe son temps à faire des remarques sur la façon dont on tient les couverts, sur la cuisson du rôti, sur notre façon de parler, etc.

En sortant de table, à trois heures et demie, je suis doublement abattue. Les parents de Clarisse m'ont épuisée et je vais devoir me débrouiller seule pour mon exposé ! Je m'imagine déjà en train de bafouiller en classe, rouge comme une tomate...

Au moment de partir, Mina me tend une feuille.

– Tiens, ça pourra peut-être t'aider. Je t'ai noté les titres des histoires d'amour les plus connues.

J'ai envie de lui sauter au cou, de l'embrasser mille fois ! Mais elle est déjà retournée dans sa chambre. Elle est forte Mina. Je savais que c'était la bonne personne. Demain, en sortant du collège, je file à la bibliothèque !

B comme bibliothèque, bizarre, Baptiste

Au collège aujourd'hui, il s'est passé quelque chose d'assez bizarre.

Au moment où j'ai présenté les titres des livres dont je compte parler, M. Pic m'a dit :

– Surtout, n'hésite pas à demander de l'aide à ta mère si tu n'y arrives pas.

– À ma mère ? j'ai répété.

– Oui, elle doit sûrement savoir beaucoup de choses sur l'amour, m'a-t-il répondu, le regard dans le vague.

Je l'ai fixé, un peu effarée. Quand il s'est aperçu de mon embarras, il s'est empressé d'ajouter :

– Comme toutes les mères, non ?

Et il est parti vite fait. Mais avant qu'il ne me tourne le dos, je l'ai vu rougir ! Qu'est-ce que ça signifie ? Mon prof qui me parle de ma mère en rougissant ! Et qui suggère qu'elle sait beaucoup de choses sur l'amour… Moi qui veux passer inaperçue, c'est raté ! Tout le monde va penser qu'il la connaît et même qu'il en est amoureux… C'est sûr, pour parler de contraception et de maladies sexuellement transmissibles, elle est au point mais pour l'amour, elle est zéro ! J'hésite un instant à en informer M. Pic, puis je renonce.

Il a dû la confondre avec quelqu'un d'autre. Nous avons un nom de famille très courant : Morin. Moi, je m'appelle Rose Morin-Bayle : le nom de ma mère et celui de mon père. L'idée d'avoir les deux réunis me plaît beaucoup. En attendant, je note avec soulagement que Lucille ne s'est rendu compte de rien. En ce moment, elle a la tête ailleurs. Il y a anguille sous roche, comme dirait ma grand-mère.

Arrivée à la bibliothèque, je consulte la liste de Mina. Je décide de commencer par le seul livre dont je connaisse le titre : *Roméo et Juliette*.

Je m'approche de la bibliothécaire pour lui demander où il est rangé. Elle est en train de parler avec un garçon. J'attends patiemment. Une minute, deux minutes, puis je me lance :

– Bonjour, excusez-moi de vous déranger, mais je cherche un livre.

La bibliothécaire me répond gentiment :

– Oh, pardon, je ne t'avais pas vue. Quel livre cherches-tu ?

Le garçon me regarde, l'air agacé. Je n'arrive pas à détacher mes yeux de son visage. Il est trop… vraiment très… en fait, euh, super beau ! Je bafouille :

– Re… Ro… Euh… Roméo…

– Roméo tout court ? s'étonne-t-elle.

Je m'empresse de répondre :

– Non, non, Juliette aussi !

– Tu cherches un livre qui s'appelle *Roméo* et un autre qui s'appelle *Juliette aussi* ? me demande le garçon en rigolant.

– Arrête, Baptiste, ça suffit, dit la bibliothécaire.

Puis elle se tourne vers moi.

– Tu me suis ? Je vais te montrer les versions que nous avons.

Je sens mes joues reprendre leur couleur d'origine, un beige légèrement rosé, assez standard. C'est toujours mieux que le rouge brique que j'ai senti monter juste avant ! Elle me montre tout, la version originale, la version française, les résumés… Je choisis le moins épais.

Je m'installe dans un coin, à l'écart, pour le feuilleter. J'essaie d'éviter de regarder en direction de Baptiste. Mais je ne peux pas empêcher mes yeux de constamment revenir vers lui. Lui, il ne me regarde pas. Je suis habituée à ce qu'on ne s'intéresse pas à moi, mais là ça m'énerve. J'en profite pour l'examiner un peu mieux. Tee-shirt super cool, avec un monstre violet, cheveux châtains, coupe stylée. Yeux ravageurs et mains fines. Il faudrait que je me rapproche, je n'arrive pas à voir son pendentif.

Impossible de travailler. Je décide d'emprunter le livre. Je retourne à l'accueil. Baptiste et la bibliothécaire sont en train de chuchoter. J'attends patiemment, en essayant de comprendre leur conversation.

Tout d'un coup Baptiste se retourne pour partir. Apparemment, il n'a pas vu que j'étais derrière lui et il me bouscule ! J'ai failli me retrouver les fesses par terre ! Il s'énerve :

– Tu es toujours là, toi ! Tu ne peux pas faire attention ?

Je suis tellement étonnée, que je ne trouve rien à lui répondre. C'est seulement au moment où il atteint la sortie que je lui crie :

– C'était à toi de faire attention, et puis tu pourrais t'excuser !

Aïe, il revient vers moi, me fixe et me dit dans un souffle :

– Je vous demande pardon, chère madame. Je suis navré. Oublions cet incident fâcheux.

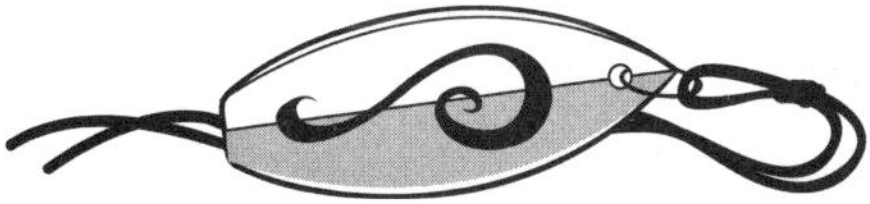

Sur le chemin du retour, je n'arrête pas de penser à ce qui vient de se passer. C'est sûr, il m'a bousculée et il a été de mauvaise foi, mais ensuite il s'est excusé. Et je n'avais jamais eu droit à une excuse aussi classe.

Je dois avoir l'air un peu perturbée parce que le soir, maman s'inquiète :

– Eh bien ? Qu'est-ce qu'il t'arrive ? Tu es perdue dans tes pensées ?

– Hein ? Non, rien de spécial.

– Tu es sûre ? Tu ne veux pas m'en parler ?

– Non, non, je te dis. À la bibliothèque un garçon m'a bousculée. C'est tout.

– Un garçon du collège ? me demande ma mère.

– Non, je ne l'ai jamais vu.

– Ah ? Et il a l'air gentil ? Il s'est excusé ?

– Oui, il s'est excusé. Il m'a dit : « Je vous demande pardon, chère madame. » Et il a ajouté qu'il était navré.

– Ouaouh ! Un vrai prince charmant, on dirait ! Ça existe encore des jeunes qui parlent comme ça ?

Je ne réponds pas. Je repense à ce que m'a dit M. Pic. Il a peut-être raison : ma mère sait des choses sur l'amour. Ou alors, il y a sur mon visage quelque chose de changé, un gros cœur rouge qui clignote sur mon front peut-être ?

C'est bien mais c'est triste

À peine couchée, je me plonge dans *Roméo et Juliette*. Je note au fur et à mesure les événements qui me paraissent importants.

Roméo et Juliette se rendent à un bal masqué.

Roméo doit y retrouver son amoureuse Rosaline. Juliette, elle, doit y rencontrer son futur époux. Mais dès qu'ils se voient, Roméo et Juliette tombent follement amoureux l'un de l'autre.

Ça commence bien.

Quand ils découvrent leur identité réciproque, c'est la catastrophe : leurs familles sont ennemies depuis longtemps. Leur amour est impossible.

Aïe les ennuis arrivent.

Maman me demande plusieurs fois d'éteindre, et je sens mes yeux se fermer. Finalement je m'endors. Dans mes rêves, Roméo me déclare son amour. Je l'entends nettement me dire : « Je vous demande pardon, chère madame. »

Le lendemain, je pars à l'école avec mon livre. Je le lis pendant les récrés.

À la suite d'un duel, Roméo doit s'exiler. Juliette est très triste et boit un philtre qui va lui donner l'apparence de la mort pendant deux jours. Roméo doit venir la délivrer.

Ça sent la mauvaise idée.

Elle boit le philtre. Toute sa famille pleure sa mort. Roméo croyant qu'elle est vraiment morte se rend sur sa tombe et avale du poison. Quand Juliette se réveille, elle découvre Roméo, mort, étendu à ses côtés. Elle se tue avec le poignard de Roméo.

O.K., c'est bien ce que je pensais, ce n'était pas une bonne idée.

Je finis le livre les yeux rouges, un mouchoir trempé à la main. Tu parles d'une histoire d'amour… Je préfère quand elles finissent bien.

Pendant tout le cours de français, je pense à Roméo et Juliette. Je n'écoute pas beaucoup M. Pic. Avant de quitter la classe, il me donne une enveloppe sur laquelle il a écrit « Madame Morin ».

– Rose, je voudrais rencontrer ta mère, j'ai des petites choses à lui dire. Rien de grave, ne t'inquiète pas.

Est-ce qu'il veut lui parler de mon attitude cet après-midi ? C'est vrai que je n'ai rien écouté. Convoquer ma mère pour ça, c'est quand même de l'abus !

Ou bien il veut lui parler de mon exposé ? Mouais, j'y crois pas trop. Ou alors il veut juste la voir, comme ça ? Mais comme ça, quoi ?

Lucille me suggère en rigolant :

– Il est peut-être amoureux de ta mère ? Ce serait normal, elle est jolie ta mère, non ?

– N'importe quoi ! De toute façon ils ne se connaissent pas !

Elle a vraiment trop d'imagination. C'est sûr que ma mère est jolie, mais de là à ce que mon prof de français tombe amoureux d'elle sans la connaître...

Je retourne à la bibliothèque pour rendre mon livre et en emprunter un autre. En arrivant près de l'entrée, mon cœur bat de plus en plus fort. Je fais comme si de rien n'était, et je me dirige vers l'accueil. Personne.

Je regarde à gauche, à droite, et tout à coup mon cœur bondit. Baptiste est là, juste derrière la première rangée de livres ! Peut-être qu'il est venu pour me voir ? Peut-être qu'il...

Une voix me sort de mon rêve :

– Ouh ouh !

La bibliothécaire est là, devant moi. Elle me regarde, l'air amusé.

– Bonjour, qu'est-ce que je peux faire pour toi ?

– Euh... Je viens vous rendre un livre.

– Oui ?

– Et j'en voudrais un autre.

– Oui ?

Pourquoi me répond-elle toujours « Oui ? ».

– Et quel livre veux-tu emprunter ?

– Un autre livre de ma liste.

– Quelle liste ?

– Ben ma liste pour mon exposé.

– O.K., tu peux me la montrer ?

– Euh... La voilà.

– Bon, on va finir par y arriver. Tu as l'air perdue dans tes rêves ! Est-ce qu'ils sont agréables ?

Quelle horreur, je me sens rougir. Vite je change de sujet.

– C'est bien *Roméo et Juliette*, mais c'est triste !

– Oui, c'est vrai. D'ailleurs, presque toutes les histoires d'amour finissent mal.

– Ah bon ? Pourquoi ?

– Quand on parle d'histoire d'amour, ce n'est pas parce que ça finit bien mais parce qu'il s'agit d'amour entre deux personnes à un moment donné. Pour en faire un bon roman, on ajoute des péripéties, des contretemps ou une fin terrible.

– Vous vous y connaissez bien, lui dis-je.

– Non pas spécialement, et toi ?

T'es vraiment débile, tu sais

Et voilà, je rougis encore ! C'est vraiment désagréable.

En plus je bégaie :

– Oui… Euh… Non… En fait c'est pour mon exposé.

– Ah, très bien. C'est une bonne idée de lire les grands romans d'amour. De quel autre livre as-tu besoin ?

Je lui montre la liste de Mina en lui précisant que je n'en connais aucun. Elle me conseille *Tristan et Yseult*. En me le donnant, elle me prévient :

– Attention, c'est une histoire qui fait pleurer.

– Ah bon ? Encore ? J'ai déjà pleuré quand Roméo est mort.

Il faut préciser que je pleure assez facilement. Mes larmes sont toujours dans les starting-blocks, prêtes à sortir.

C'est beau ? Je pleure. C'est triste ? Je pleure. C'est émouvant ? Je pleure aussi. Un jour j'ai lu qu'en pleurant on éliminait énormément de toxines. Moi, il ne doit pas m'en rester beaucoup !

– Oh la pauvre petite chérie, elle a pleuré…

Je suis mortifiée : c'est la voix de Baptiste. Je regarde la bibliothécaire avec des yeux suppliants. Heureusement, elle a compris mon S.O.S.

– Dis donc Baptiste, depuis quand te moques-tu des jeunes filles sensibles aux histoires d'amour ?

– Je ne me moquais pas, c'était juste pour rigoler un peu, se défend-il.

Il s'incline devant moi et déclare :

– Excusez-moi, mademoiselle.

Je voudrais être drôle et répondre : « Je vous en prie, jeune homme », ou lui montrer que je ne suis pas une gamine et lancer « C'est bon, arrête ton numéro », mais je n'ai qu'une seule envie : disparaître.

Quand je donne ma carte pour emprunter le livre, il est encore là juste à côté de moi. Je me tourne vers lui, l'air méchant :

– Quoi ? Qu'est-ce qu'il y a ? Tu as autre chose de désagréable à me dire ?

– Non, pas du tout. Tu sais, moi aussi j'ai pleuré quand Roméo est mort.

– C'est vrai ?

Je n'en crois pas mes oreilles.

– Oui, oui.

J'ajoute que j'ai même pleuré quand Juliette s'est tuée.

– Eh ben décidément ! réplique-t-il en rigolant.

Je lui demande :

– Pas toi ?

– Non. Juliette, je ne sais pas qui c'est.

– Mais ? Je... Tu...

– Quoi ? Je t'ai dit que j'ai pleuré quand Roméo est mort. C'était mon chien quand j'étais petit.

– T'es vraiment débile, tu sais !

Je tourne les talons, et je sors de la bibliothèque furieuse. Non mais je rêve ? Sous prétexte qu'il est super mignon, il se croit tout permis…

En descendant les marches, j'ai l'impression d'entendre son rire malintentionné me poursuivre. Il a été vraiment trop nul. J'ai envie de pleurer. Je me retiens. J'ai mal à la mâchoire à force de serrer les dents.

– Eh ! Oh ! Attends !

Je ne me retourne pas, je presse le pas.

– Eh ! Machine ! Attends-moi !

Machine ? Il m'a appelée Machine ? S'il continue, je lui mets une claque.

– Oh ! Eh ! Ton livre ! T'as pas pris ton livre !

Oh non ! C'est pas possible, je suis vraiment trop bête ! Je me retourne, je prends une pose blasée, les mains sur les hanches, et je l'attends. Quand il arrive essoufflé, je lui assène :

– Je ne m'appelle pas Machine, je m'appelle Rose. Et ce n'est pas la peine de te moquer de mon prénom, je l'adore. Je peux prendre mon livre ?

– Attends deux secondes, j'aimerais bien discuter…

– Pas moi. Je ne t'ai vu que deux fois, mais ça m'a suffi. Tu me donnes mon livre maintenant ?

– Tiens.

– Merci.

Cette fois, je m'en vais pour de bon. Mais je n'ai pas avancé de deux pas que je l'entends à nouveau :

– Eh, Rose !

Je me retourne :

– Quoi encore ?

– J'adore ton prénom !

Et il m'envoie un clin d'œil.

Ma mère cultive le mystère

En rentrant à la maison, j'expédie mes devoirs rapidement. Je veux avoir du temps pour lire *Tristan et Yseult*. Et repenser à ce qui s'est passé à la bibliothèque.

Quand il m'arrive des trucs bizarres ou énervants, j'adore revoir l'histoire se dérouler. Ça me permet de mieux comprendre ce qu'il s'est passé. C'est comme si au moment de l'action, j'étais trop lente pour tout saisir. Là, je vais avoir du travail ! Je m'imagine déjà, tranquille dans la baignoire en train de rêvasser, le pied ! Je me dirige vers la salle de bains quand maman rentre. Bonjour-bonjour, ça va-ça va. Je lui donne le mot de M. Pic. Je m'empresse de lui annoncer qu'il n'y a rien de grave mais qu'il veut la rencontrer.

– Oui, oui, je sais, dit-elle.

Mais qu'est-ce qu'elle raconte ? Comment peut-elle le savoir ? Elle n'a même pas ouvert l'enveloppe !

– Et comment tu le sais ? je m'exclame.

Tout d'un coup, elle a l'air embarrassée. Elle cherche quelque chose à faire pour ne pas avoir à me répondre. Je déteste quand elle est comme ça. Mais là, pas de chance, le lave-vaisselle est vidé, la table est débarrassée.

– Et tes devoirs, ça a été ?

Ça y est, le coup des devoirs... C'est une valeur sûre de la question échappatoire. Mais aujourd'hui, je n'ai pas envie de jouer à la gentille petite fille. Si Baptiste avait été sympa, peut-être, mais là, je suis trop énervée ! Je lui repose ma question :

– Alors, comment sais-tu que monsieur Pic veut te rencontrer sans avoir lu son mot ?

– Mais... Comme ça, c'est tout ! Ne va pas chercher des histoires là où il n'y en a pas s'il te plaît.

– Et tu peux aussi me dire ce qu'il veut ?

– Oui, je pourrais sûrement. Mais je ne te le dirai pas car ça n'a rien à voir avec toi.

– Pardon ? Monsieur Pic, je te signale, c'est MON prof !

– Oui, je sais. Écoute, n'en parlons plus. De toute façon, je n'irai pas au rendez-vous.

– Hein ? Mais pourquoi ? Qu'est-ce qu'il va penser ? Tu dois y aller, maman ! C'est peut-être important. Je n'ai pas envie d'avoir une mauvaise note à cause de toi. Et tous les profs vont savoir que tu ne vas pas aux rendez-vous ! Fais un effort…

Tout d'un coup, je repense à mon bain. Il risque d'être beaucoup moins tranquille que prévu.

J'ai la tête tout encombrée. D'abord, M. Pic veut voir ma mère sans raison : étonnant. Ensuite ma mère le sait avant que je le lui dise : étrange. Après, elle affirme savoir ce qu'il veut : surprenant. Et pour finir, elle ne veut pas y aller : ahurissant, énervant, troublant.

– Je vais prendre mon bain, je marmonne en quittant la cuisine.

– Hmm… Hmm…

Je m'y plonge avec plaisir. Normalement, au bout de quelques instants, je commence à rêver. Mais là, non.

Au lieu de penser à Baptiste, je pense à ma mère et à M. Pic. Ils commencent à m'agacer. Je voudrais être seule avec Baptiste dans mon bain... Euh ! Non ! Je voulais dire dans mon rêve.

Il a été incontestablement désagréable, mais je n'arrive pas à lui en vouloir. Peut-être parce qu'il m'a fait un clin d'œil ? Ou parce qu'il a dit qu'il adorait mon prénom ? Peut-être aussi tout simplement parce qu'il est vraiment, vraiment très beau... Ahhh, ses yeux... Son nez... Sa bouche... Il est beau de partout, et il ne ronge pas ses ongles, ce qui est un plus indéniable. Ah ! Et son pendentif, c'est une planche de surf. Très bon choix.

Avant de dîner, je cherche sur Internet des renseignements sur les prénoms commençant par B... comme Baptiste par exemple ! Si jamais je le revois et qu'il me dit quoi que ce soit sur mon prénom, j'aurai de quoi lui répondre.

Baptiste
Étymologie : Du grec baptizein, « immerger, plonger dans l'eau ». Je ne vois pas en quoi ça pourra me servir mais je note.
Histoire : Nom qualifiant Jean qui baptisa le Christ, son cousin. O.K.
Qualités : pacifique, émotif et sensible. Je m'étrangle ! C'est n'importe quoi ce truc-là !
Chiffre : 7. Comme tout le monde.
Couleur : jaune. Bien fait pour lui !
Prénom donné 66 047 fois depuis 1946 en France. Je ne vais pas aller vérifier !

Résultat, je n'ai pas appris grand-chose. Tant pis. Aïe. Ma mère est juste derrière moi. Elle me demande ce que je cherche.

– Rien de spécial, je regardais un truc, c'est tout.

– Ah ? Ça a un rapport avec ton mystérieux prince charmant d'hier ?

– Quel prince charmant ? Je ne vois même pas de qui tu veux parler !

– Ah bon ? Tant pis. On dîne bientôt ?

– J'arrive dans deux minutes.

Je regarde rapidement à « Rose ». En gros, je suis illogique, utopique et sensible… L'âge moyen des Rose en France est de soixante-seize ans ! Merci papa et maman de m'avoir donné un prénom de vieux. Mais il n'a été donné que 16 365 fois depuis 1946. Il est beaucoup plus original que Baptiste…

À la fin du dîner, je me précipite dans ma chambre pour lire *Tristan et Yseult*. Ce n'est pas pour rien que j'ai choisi de faire un exposé sur l'amour : j'adore ça !

Mais le téléphone sonne. C'est papa.

– Allô ? Bonjour, c'est Fred.

– Salut papa.

Mon père s'appelle Frédéric. Depuis quelque temps, il veut que je l'appelle Fred. Mais moi, je continue à l'appeler papa. Ou alors, je me débrouille pour ne pas le nommer. Ce n'est pas toujours évident, mais je m'en sors.

C'est bizarre qu'il m'appelle. Normalement c'est moi qui lui téléphone…

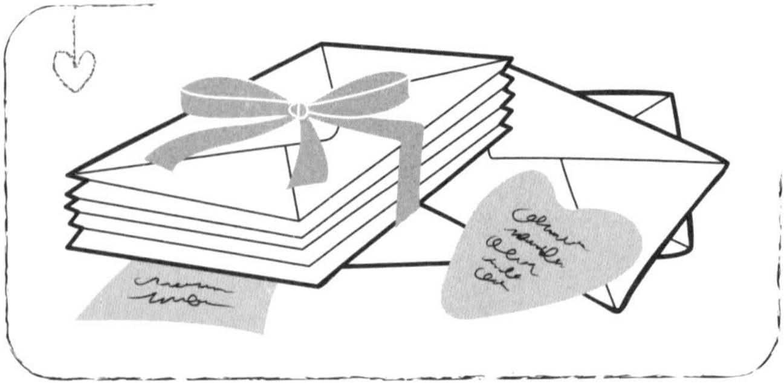

Fred s'en mêle

– Bonjour chérie, comment vas-tu ? Mina nous a dit que tu cherchais des textes sur l'amour ?

– Oui, c'est pour un exposé.

– Clarisse a pensé que tu pourrais lire *$e = mc^2$ mon amour*, de Patrick Cauvin. Tu connais ?

– Ouais ! Bonne idée. Je l'ai lu l'année dernière, j'ai adoré. J'en parlerai dans mon exposé. Tu la remercieras, c'est sympa !

– Moi, j'ai pensé à un livre très beau qui s'appelle *La nuit des temps* de Barjavel. Tu en as entendu parler ?

– Non. Pas du tout. C'est bien ?

– C'est génial. C'est un roman de science-fiction, et en même temps une véritable histoire d'amour. Des chercheurs trouvent en Antarctique les restes d'une ancienne civilisation. Ils découvrent un homme et une femme ensevelis dans un abri. Simon, un des chercheurs, tombe amoureux d'Éléa.

– D'elle est quoi ?

– Mais non. Éléa, c'est le prénom de la femme. Elle est très belle. Quand l'équipe parvient à la réveiller, Simon apprend qu'elle aime Païkan à qui elle était unie neuf cent mille ans auparavant.

– Et ça finit bien ?

– Mouais. Ça dépend de quel point de vue on se place. En tout cas c'est un très beau roman. Ça te changera des classiques.

C'est vrai que ça a l'air bien. Mais encore une fois c'est triste. Et là, ça dure plus de neuf cent mille ans ! Je le lirai sûrement, quand j'aurai un peu plus de temps.

Maman me demande ce que papa voulait. Je lui cite le titre des livres qu'il m'a conseillés.

– Très bonnes suggestions, approuve-t-elle.

Puis elle ajoute :

– *La nuit des temps*, c'est vraiment magnifique ! Ça ne m'étonne pas de ton père. C'est tout à fait son genre.

Je n'en reviens pas ! Il suffit de faire un exposé sur l'amour et tout le monde s'aime ! Non, je rigole, mais c'est rare que ma mère trouve des mots sympas à dire sur mon père. Ils ne sont pas vraiment en guerre, mais, bon, ils sont séparés. Je me demande pourquoi elle trouve que c'est son genre ? Déjà, je ne vois pas le rapport entre mon père et une histoire d'amour.

L'heure tourne. Je me précipite sous ma couette et commence ma lecture, toujours armée de mon crayon. Tristan et Yseult, me voilà !

Une hirondelle apporte au roi Marc un cheveu d'or. Il déclare qu'il épousera celle à qui il appartient et il charge son neveu Tristan de la retrouver. Tristan part la chercher en Irlande. À peine arrivé, il combat un dangereux dragon (il a déjà tout du héros). Il est blessé et recueilli par Yseult qui est blonde (ça tombe bien). Il l'emmène pour qu'elle épouse son oncle. Mais elle ne veut pas (ça m'aurait étonnée).

La mère d'Yseult a préparé un philtre pour qu'elle tombe amoureuse du roi Marc. Mais Tristan et Yseult le boivent accidentellement et tombent fous amoureux l'un de l'autre (c'est vraiment accidentel ? Entre un vieux roi et un jeune et beau Bapti... euh, Tristan, je sais qui je choisirais !).

Finalement Yseult se marie avec le roi. Mais elle aime toujours Tristan. Ils sont dénoncés et s'enfuient. (Ça marche bien le philtre d'amour, il faudra que je me renseigne, histoire de voir si ça existe.) Ils errent pendant trois ans jusqu'à ce que le roi les découvre. Tristan fuit et épouse une autre femme qu'il n'aimera jamais.

Sur le point de mourir d'une blessure, il demande sa bien-aimée.

La fin est tragique. Comment peut-on inventer des histoires aussi horribles ? On est là, tranquilles, en train de lire et boum, tout s'écroule. Si ça continue, je vais les écrire moi-même les histoires d'amour, au moins, je ne serai pas déçue par la fin ! Je commence à m'inquiéter pour mon exposé : je suis censée parler d'amour, et tout le monde meurt. Je m'endors la tête remplie de philtres, de rois et de chagrins d'amour.

Au réveil, je suis encore plus fatiguée que la veille. Je crois que j'ai passé ma nuit à rêver de Tristan et Yseult. Sauf qu'Yseult, c'était moi ! Et que Tristan, évidemment, c'était Baptiste.

Mes lectures me jouent des tours. Mais je ne m'en plains pas. C'est plus excitant que ce qui m'arrive (ou plutôt ne m'arrive pas) dans la journée.

Révélations

Au petit-déjeuner, maman remarque que je ne suis pas très en forme.

– Tu t'inquiètes encore pour cette histoire avec Pascal ?

Je la regarde sans comprendre. Je lui demande :

– Avec qui ?

– Euh…

Elle rougit immédiatement.

– Euh… non, rien, je ne sais pas pourquoi j'ai dit ça ! N'importe quoi… Bon, ben je file au travail. Bonne journée chérie, à ce soir.

– Hmm, c'soir !

À moitié endormie devant mon bol, je n'ai pas la force d'essayer de comprendre. Et je n'ai pas le temps.

Je me dépêche de finir mes tartines, j'avale mon chocolat et je fonce m'habiller. Sur le chemin du collège, je repense aux romans que j'ai retenus pour mon exposé.

D'un côté, je préfère *Tristan et Yseult* : ils ont passé trois ans ensemble ; alors que l'amour de Roméo et Juliette n'a sûrement pas duré plus de quinze jours. D'un autre côté, Roméo et Juliette sont vraiment tombés amoureux l'un de l'autre, alors que Tristan et Yseult ont bu un philtre magique…

Si je devais choisir de vivre une histoire d'amour avec quelqu'un (comme Baptiste par exemple) je n'aimerais pas non plus, comme Éléa, apprendre à mon réveil que mon amoureux est mort des centaines de milliers d'années avant !

Quelle horreur !

Dès que je la retrouve dans la cour, j'en parle avec Lucille.

– Pourquoi tu me poses cette question ? Tu es amoureuse de qui ?

– Hein ? Moi ! Mais de personne ! C'est pour mon exposé sur l'amour.

– Si tu as choisi de faire un exposé sur l'amour, c'est bien parce que tu es amoureuse ?

– Mais non ! N'importe quoi ! Ça m'intéresse c'est tout ! C'est comme toi.

– Comment ça comme moi ?

– Ben toi, tu fais un exposé sur quoi ?

– Sur les chats.

– Sur les chats ? Mais quel rapport avec le français ?

– Eh bien tu apprendras, grâce à mon exposé, que les chats sont très présents dans la littérature et même dans la poésie.

– Ah, d'accord. Donc, les chats, ça t'intéresse et tu fais un exposé dessus ? Pour mon exposé sur l'amour, c'est la même chose.

Au moment où je sens qu'elle va finir par m'énerver, nous sommes interrompues par M. Pic. C'est rare qu'il vienne nous parler en dehors d'un cours.

– Alors Rose, tu as donné le mot à ta mère ?

– Oui.

– Tu as une réponse pour moi ?

– Non.

– Ah ? Elle ne t'a rien dit ?

– Non.

Il s'éloigne, l'air déçu. Mais peut-être que je me fais un film. Pendant qu'il se dirige vers la salle des profs, il se passe quelque chose de dingue. Un autre prof le rejoint et je l'entends l'appeler Pascal ! Je dois rêver. Je demande illico à Lucille si elle connaît le prénom de M. Pic.

– Non. Aucune idée. Tu n'as qu'à voir avec Marie. Elle sait tout.

À la récré, je me précipite sur Marie mais elle n'en sait pas plus. Elle en profite quand même pour m'informer du retour prochain d'un élève qui a été gravement malade avant que je n'arrive au collège. Vu l'importance de ma question du jour (Pascal ou pas Pascal), cette nouvelle ne m'intéresse pas spécialement. Marie a l'air étonnée. Elle ajoute :

– Tu verras, il est super beau !

– Ouais, ouais, c'est ça !

Il ne peut pas être aussi beau que Baptiste !

Par miracle, je réussis à entrer dans la salle des profs sans me faire remarquer. Heureusement, elle est déserte, sinon je ne sais pas ce que j'aurais pu inventer pour justifier ma présence. Je me dirige vers les casiers et, tout en haut de la première rangée, je trouve l'étiquette que je cherche : Pascal Pic.

Ma mère connaît donc le prénom de mon prof de français.

Je me dépêche de sortir, le cerveau en surchauffe. Comment connaît-elle son prénom ? Est-ce qu'elle me cache quelque chose ? Heureusement que je n'ai pas cours avec lui aujourd'hui, je serais incapable de faire comme si de rien n'était.

L'après-midi se passe plutôt bien, comme tous les mercredis. Un peu de devoirs, un peu de télé, un peu de rien, un peu de téléphone… Ce savant cocktail, qui a déjà fait ses preuves, sera aujourd'hui enrichi d'une visite à la bibliothèque !

À trois, je recommence à respirer

En arrivant, je file directement à l'accueil sans regarder si Baptiste est là (ce qui me demande un effort considérable). Quand la bibliothécaire me voit, elle me salue très gentiment :

– Alors, *Tristan et Yseult* ? Ça t'a plu ?

– Oui, oui. Mais c'est encore une histoire d'amour qui finit mal.

– Oui, c'est vrai.

– Vous en connaissez une qui finit bien ?

– Oui. Tu peux lire *Jane Eyre*. Ça commence vraiment mal, mais ça finit très bien.

Je récupère le livre puis je traîne dans les rayons en faisant semblant de regarder un livre, de feuilleter un album…

Si je veux être honnête, je dois reconnaître que j'attends Baptiste. Au bout d'un certain temps passé à errer l'âme en peine, je décide de rentrer chez moi.

Et puis j'ai hâte de lire ce roman qui finit bien !

En descendant les marches, je tombe nez à nez avec lui. C'est trop bête, je m'en vais pile au moment où il arrive ! Que faire ? Je ne peux quand même pas y retourner, j'aurais l'air de quoi ?

En m'apercevant, il me dit :

– Bonjour Rose.

– Ah, tiens… Salut. Encore là ? Tu viens tous les jours ?

– Non, pas forcément. Et toi ? Tu cherches encore des livres pour pleurer ?

– Très drôle. Tu ne peux pas t'empêcher d'être désagréable ?

– Désolé. Non, je ne peux pas m'empêcher. Alors tu viens souvent ?

– Non, ou plutôt oui, en ce moment je fais des recherches pour un exposé. Et toi ?

– Moi ? Je passe le temps ici avant de retourner au collège.

– Ah ? O.K. Bon, ben salut, à bientôt.

– Au revoir, Rose.

Je m'éloigne, les jambes molles, en prenant garde de ne pas trébucher. À trois, je recommence à respirer. Il est bizarre quand même. « Bonjour Rose, au revoir Rose. » Il est presque trop poli ! Mais bon, bizarre ou pas, il a des yeux incroyables. Et puis son sourire... Je craque.

Tout d'un coup, je m'arrête, frappée de stupeur. Il a bien dit qu'il passait le temps avant de retourner au collège ? Alors ce serait lui dont me parlait Marie ? Cool. Je vais le voir tous les jours !

C'est vrai qu'on n'a pas commencé sur de très bonnes bases, mais, au moins, on se connaît ! Ce qui m'inquiète, c'est qu'il doit déjà avoir sa bande de copains, et aussi une petite copine.

Oh non ! Mains moites et palpitations vous voilà. C'est sûrement Nina ! Tous les garçons craquent pour elle.

Il me reste un faible espoir que ce ne soit pas lui. Histoire de mettre toutes les chances de mon côté, je croise les doigts en le souhaitant très fort. Mais tout de suite après, je l'imagine, prenant Nina par la main, par l'épaule… Beurk, ça me dégoûte. Elle ne le mérite pas. Il est pour moi ! Je ne me laisserai pas faire. Je vais lire *Jane Eyre* très vite, comme ça je retourne demain à la bibliothèque, je revois Baptiste, on discute et j'essaie d'en savoir un peu plus sur lui !

Ma mère m'a laissé un mot : elle a une réunion ce soir, elle rentrera tard. Pour une fois je n'en profite pas pour regarder la télé. Je lis.

Le lendemain matin, maman me demande :

– Ça te plaît *Jane Eyre* ?

– Je ne sais pas trop, je réponds en me faisant une tartine. Je me suis endormie en le lisant.

– Oui, oui, je sais. Quand je suis rentrée, je suis venue t'embrasser, tu ronflais, lumière allumée et livre sur la tête !

On rit.

Elle poursuit :

– J'avais adoré cette histoire. C'est vraiment un beau livre d'amour.

– Moui... Enfin, ça a l'air plutôt mal parti... Elle est orpheline, recueillie et maltraitée par sa tante et ses cousines. Après, elle est envoyée dans une pension sordide, c'est pas top.

– Je ne me souviens plus exactement de tout, mais ça finit bien.

– Oui seulement c'est trop long. Je n'aurais jamais le temps de le finir.

– Tu dois le lire pour le collège ?

– Non... Enfin oui. C'est pour un exposé.

Je n'ai pas trop envie de lui dire que je fais un exposé sur l'amour. Son opinion sur le sujet ne m'intéresse pas.

– Ah oui ! Ton exposé sur l'amour ? Avec monsieur Pic !

Comment est-elle au courant ? Je suis persuadée de ne pas lui en avoir parlé. Je suis tout d'un coup pressée de partir.

– Oui, oui. C'est ça. Bon ben j'y vais, sinon je vais être en retard.

– Déjà ? Ça fait longtemps qu'on n'a pas discuté toutes les deux.

– Oui, je sais. Mais là je dois y aller.

– Tu veux que je vienne te chercher ce soir au collège ? Je peux partir un peu plus tôt.

– Non, non ! Je dois aller à la bibliothèque pour mon exposé.

– Ah ? Dommage. On peut s'y retrouver et se balader après si tu veux.

– Non, non, ça va je t'assure.

– Ah. Bon. Ben… À ce soir alors.

Bibliothèque, acte IV

Pendant le trajet, je repense à ma mère. Quand elle insiste autant pour qu'on se voie, c'est qu'elle a quelque chose à me dire. On verra bien ce soir. Je n'avais pas spécialement prévu d'aller à la bibliothèque puisque je n'ai pas fini mon bouquin, mais c'est sorti comme ça !

À la cantine, Lucille m'a donné une super idée. Le pire, c'est qu'elle ne l'a même pas fait exprès. Elle n'arrêtait pas de chanter sa chanson du moment :

Ça fait mal de vivre sans toi
Elle a mal et tu ne t'imagines même pas
Comme ça fait mal de rire sans toi
Elle a mal et tu ne reviendras pas[1].

1. *Ça fait mal*, Christophe Maé.

Ce n'est pas ma chanson préférée, mais elle m'a donné une nouvelle raison d'aller à la bibliothèque. Je vais y chercher les paroles des plus belles chansons d'amour. Je demande à Lucille pourquoi elle n'arrête pas de chanter ça. Elle me répond laconiquement qu'elle adore cette chanson. Je n'en saurai pas plus pour l'instant.

À peine arrivée, je me dirige vers l'accueil.

– Tiens, bonjour, Rose. Comment vas-tu ? Tu as déjà fini de lire *Jane Eyre* ?

Je suis un instant troublée par le fait que la bibliothécaire m'appelle par mon prénom. Mais je me ressaisis :

– Non, pas encore. Mais j'ai pensé à autre chose. Vous avez des textes de chansons sur l'amour ?

– Ah oui. C'est une bonne idée. Malheureusement nous n'en avons pas. Mais tu pourrais citer des poèmes. Viens je t'accompagne au rayon « poésie ».

Super ! Mon exposé prend forme. Elle me conseille quelques poèmes, que je lis rapidement. Je recopie les vers qui me paraissent les plus jolis. J'en retrouve un que l'on a appris l'année dernière :

Aimer à loisir,
Aimer et mourir
Au pays qui te ressemble !
Les soleils mouillés
De ces ciels brouillés
Pour mon esprit ont les charmes
Si mystérieux
De tes traîtres yeux,
Brillant à travers leurs larmes[1].

Je trouve ça plus beau que les chansons de Lucille ! Les autres extraits que je choisis sont presque tous tristes. Je trouve quelques ressemblances entre mon état de « presque amoureuse » et celui décrit par les poètes.

Alors que je suis plongée dans mes recherches, quelqu'un s'installe à côté de moi. Je n'y prête pas attention quand, soudain, j'entends fredonner une vieille chanson :

Moi je n'étais rien,
Mais voilà qu'aujourd'hui
Je suis le gardien
Du sommeil de ses nuits,
Je l'aime à mourir[2].

1. *L'invitation au voyage*, Charles Baudelaire.
2. *Je l'aime à mourir*, Francis Cabrel.

Mon cœur bat la chamade. Je me tourne lentement et je regarde mon voisin. Il est assis à califourchon sur sa chaise et me sourit. J'aimerais être sûre que ce sourire est sincère. Malheureusement, il me semble un peu ironique. Il me fait un clin d'œil et continue à fredonner. Je ne peux pas détacher mes yeux de son visage. Il doit se rendre compte de mon trouble, mais ça n'a pas l'air de le gêner.

Si j'osais, je lui lirais ce que je viens de recopier :

Je suis perdu, vois-tu, je suis noyé, inondé d'amour; je ne sais plus si je vis, si je mange, si je marche, si je respire, si je parle, je sais que j'aime[1].

1. *Lettre à George Sand*, Alfred de Musset.

Le séducteur

Mais je n'ose pas, surtout que mon voisin (j'ai nommé Baptiste) s'est déjà plusieurs fois moqué de moi en l'espace de quelques jours. Je me reprends donc et lui dis :

– Monsieur est fan de vieilleries ? C'est Francis Cabrel, non ?

Bien envoyé ! Je suis fière de moi !

– Non, pas spécialement, mais je vois que toi, tu as tout de suite reconnu. C'est peut-être toi la fan ?

– Très drôle ! Excuse-moi, je voudrais juste travailler.

– Ah ? Je croyais que tu recopiais des poèmes pour les lire à ton fiancé.

Mon fiancé ? Qu'est-ce qu'il peut m'énerver ! Je n'ai pas de fiancé ! Et puis plus personne n'utilise ce mot ! Grâce à un self-control hors du commun, j'arrive à rester calme (je crois que c'est grâce à son sourire).

– Non. Je ne suis pas fiancée. Je prépare un exposé sur l'amour.

– C'est toi qui as choisi le sujet ?

– Oui, pourquoi ?

– Ça t'intéresse tant que ça l'amour ?

– Ben… Oui… Ça m'intéresse.

Je sens mes joues devenir très chaudes. Donc j'en conclus qu'elles sont très rouges. Je sais qu'à partir de maintenant je vais bredouiller, bégayer et perdre la majeure partie de mon quotient intellectuel. Je n'ose plus rien dire. J'attends que Baptiste lance les hostilités. Mais non, il me regarde, sourit et commence à chanter :

Je suis pendu à vos lèvres
Espérant le mot, espérant le oui
Qui sauverait ma vie[1].

Je sens mon cœur fondre, mon corps se dématérialiser. Je n'en peux plus. Je l'aime. C'est absolument certain. Heureusement, je réalise à temps qu'il ne serait pas correct de lui sauter dessus ici.

1. *C'est quand le bonheur*, Cali.

Je bredouille :

– C'est… C'est quand le bonheur ? Je veux dire… euh… enfin… elle est sympa cette chanson !

– Ouais. J'aime bien. Paola m'a dit que tu recherchais des chansons d'amour.

– Ah ? D'accord !

Et moi qui croyais qu'il me faisait une déclaration ! Je ne sais plus où me mettre. Ma température corporelle est en train d'augmenter dangereusement. Avant que je puisse trouver un trou pour m'y cacher, Baptiste reprend :

– Je joue de la musique avec des amis. J'ai plein de partitions. Si tu veux, je t'en apporterai demain.

– Oui, d'accord. C'est gentil. À demain.

J'ai l'impression d'être un robot. Je me lève pour remettre les livres en place. Je prends ma veste. J'ai les jambes toutes molles. Et avant de franchir le seuil de la porte, j'entends très distinctement :

You're beautiful, You're beautiful.
You're beautiful, It's true[1].

1. *You're beautiful*, James Blunt.

Mon retour à la maison se fait comme par miracle. Les voitures sont silencieuses, les magasins invisibles, les passants marchent au ralenti, bref, je suis sur un nuage.

Ma mère m'accueille gaiement.

– Bonsoir chérie ! Tu as trouvé ce que tu voulais à la bibliothèque ?

– Oui, oui, plus ou moins.

– Qu'est-ce que tu as choisi pour ton exposé ?

– Je vais parler de l'amour dans les romans et les poèmes. Peut-être dans les chansons aussi.

– Très bien. C'est une bonne idée les chansons. Tu as déjà des pistes ?

– Oui. Quelques-unes...

– Tu veux que je demande à Louisa et Carine ?

– Leur demander quoi ? Elles n'ont pas l'air très au point sur l'amour tes copines !

– Qu'est-ce que tu en sais ?

Et sur ces paroles, ma mère décroche le téléphone et met le haut-parleur.

– Salut Louisa ! Tu choisirais quel livre pour parler de l'amour dans un exposé ?
– Pourquoi ? Tu retournes au collège ?
– Mais non, c'est pour Rose...
– *Roméo et Juliette*.
Je crie :
– Merci ! c'est déjà fait !
– Alors *Tristan et Yseult*.
Moi :
– Merci ! C'est déjà fait !
– Bon ben, euh... Tu connais *Paul et Virginie* ?
– Non, ça finit bien ?
– Non, mais c'est très beau.
– Si ça finit mal, ça ne va pas. J'en ai déjà plein.
– Jane Austen, alors ? C'est toujours hyper romantique et ils se marient à la fin.

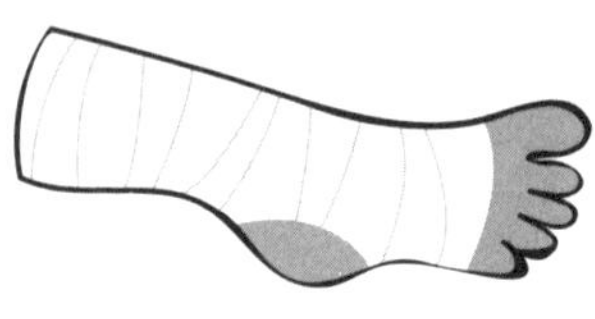

Je note. Je verrai plus tard si je les lis ou pas. Je sens que je vais manquer de temps.
– Et comme chanson, tu nous proposes quoi ? demande maman.

– Rien, je suis nulle en chansons, je ne retiens jamais rien. Par contre, je suis meilleure en films. D'ailleurs, il y a *Titanic* qui passe à la télévision ce soir ! Une petite soirée filles avec Leonardo, ça vous dit ? Carine va commander des pizzas.

– Je ne sais pas trop, répond maman, Rose a classe demain.

– Alleeeez ! s'écrie Louisa. Rose n'est plus une enfant ! Elle peut se coucher un peu tard pour une fois !

Les copines de ma mère

Maman me regarde en m'interrogeant du regard. Je fais oui, oui, j'adore aller chez Louisa et Carine. Ça me change du train-train quotidien avec maman. Au moins, avec elles, on rigole ! Nous partons juste après avoir raccroché. Je presse un peu le mouvement car je sens que maman veut me parler, et je ne suis pas sûre d'en avoir très envie.

À notre arrivée, Carine est installée dans le canapé, et Louisa nous accueille dans son traditionnel kimono orange et vert pomme.

– Tu as changé ta couleur de cheveux, s'étonne maman.

– Oui j'ai fait orange, c'est plus drôle, et ça va mieux avec mon kimono.

Je m'étonne :

– J'espère que tu ne le mets plus pour sortir, ton kimono ?

– Non, mais quand j'étais jeune je le mettais presque tous les jours, hein les filles ?

Carine et maman pouffent de rire. Elles ont bien dû rigoler toutes les trois. Quand elles étaient étudiantes, elles habitaient ensemble. Louisa et Carine ont continué quand maman s'est installée avec papa Fred. Elles ont proposé de louer un appartement plus grand pour nous accueillir après le divorce, mais maman n'a pas voulu.

– Ah, ça ! On peut dire que j'attirais les regards... C'est comme ça que j'ai trouvé tous mes amoureux, répond-elle en me faisant un clin d'œil.

– Et ils sont où tes amoureux ?

– Partis. Dès que j'ai arrêté de mettre mon kimono, pfffuit, ils se sont envolés ! Enfin, si tu veux des infos pour ton exposé, je t'ai préparé une liste de livres et de films.

– Avec mon aide, signale Carine.

Je regarde rapidement. Les livres, ce sont à peu près les mêmes que ceux de la liste de Mina, quant aux films, je n'en connais aucun ! Ça doit être des vieux trucs.

Par contre, j'aimerais en savoir un peu plus sur l'attirance des hommes pour un kimono orange. Étant donné que je suis, pour l'instant, à l'opposé de la technique qui consiste à se faire remarquer, une ou deux informations supplémentaires sur le look ne seraient pas superflues.

Mais avant que j'aie pu l'interroger, Louisa se lance dans un résumé de ses plus belles histoires d'amour. Dommage que je ne puisse pas les utiliser pour mon exposé ! En gros ça fait :

LAURENT : trop bête.

BRUNO : trop marié.

RENÉ : trop vieux.

FRANCK : trop maniaque.

Et ainsi de suite... On a droit au trop radin, au trop macho, au trop égoïste, jaloux, infidèle, immature, et j'en passe !

Maman et Carine ne sont pas toujours d'accord avec Louisa, en particulier au sujet d'un certain Marco qui, d'après elles, était parfait.

– Mouais. Enfin, bon. C'est du passé tout ça ! Revenons-en aux vrais films romantiques. Je sais que tu n'aimes pas quand ça finit mal, Rose, mais il faut absolument que tu voies *Autant en emporte le vent*, c'est vraiment LE film d'amour dans toute sa splendeur.

– Oh arrête un peu avec tes vieux machins, l'interrompt Carine.

Elle se tourne vers moi :

– Tu veux des films d'amour pas trop ringards ? Alors note : *Un long dimanche de fiançailles, Love actually, The holiday* ou même *Le secret de Brokeback Mountain*.

– Oh ! s'il te plaît ! s'exclame maman qui lui fait les gros yeux.

– Quoi ? On parle d'amour, non ? Qu'est-ce qui te gêne ? Que ce soient deux garçons ? Ça va aller hein, Rose ? Tu savais que ça existait ?

– Hmm hmm.

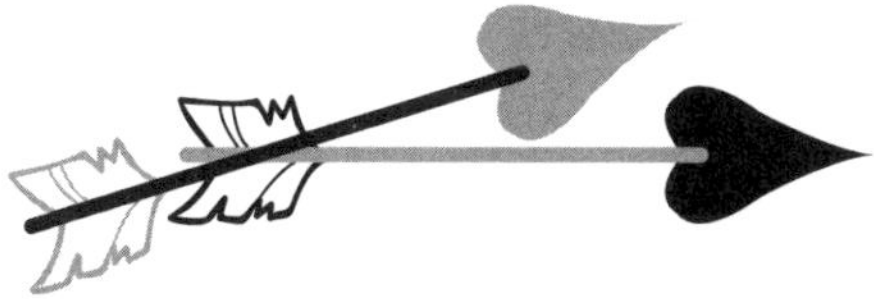

C'est aussi pour ça que je les aime bien les copines de maman. Avec moi, elles ne font pas de chichis ! Il faudrait que je les voie plus souvent sans maman !

Pendant le générique, Louisa demande :

– Comment s'appelle ce livre avec la petite qui tombe amoureuse d'un homme marié dont la femme est folle ? Il est aussi amoureux d'elle mais en apprenant qu'il est marié elle s'enfuit. Après, sa femme met le feu, il devient aveugle, la petite revient, la femme meurt, il guérit, ils se marient et ils font un bébé ! C'est beau cette histoire, non ? J'avais adoré. Ça ne vous dit rien ?

– Rose, rit maman, tu peux remercier Louisa, elle vient de te raconter la fin de *Jane Eyre* !

Trop cool ! je savais que c'était une bonne idée de venir ! Je ne me voyais pas lire les quatre cents pages d'ici la fin de la semaine…

Titanic commence. Incroyable mais vrai, je ne l'avais jamais vu.

Âmes sensibles s'abstenir

Si mon cœur n'était pas déjà pris, je crois bien que je tomberais amoureuse de Leonardo. Je n'ai pas eu de mal à m'identifier à l'héroïne, elle s'appelle Rose ! Je vois ça comme un signe. D'autant plus qu'en toute honnêteté, Baptiste ressemble (un peu) à Leonardo DiCaprio.

Encore une histoire d'amour qui finit mal. On pleurait toutes les quatre, bonjour l'ambiance ! Louisa a proposé un petit remontant : une espèce de liqueur de poire.

En avalant la première gorgée, maman a failli s'étrangler, et Carine est devenue toute rouge. Louisa, elle, l'a bue d'un coup comme si c'était de l'eau et s'est à moitié brûlé la langue. Moi, j'ai bu mon jus d'orange sans problème !

Une fois remise, Carine a conclu :

– De toute façon, les histoires d'amour finissent mal en général. Tiens, à propos ! Tu dois absolument citer la chanson des Rita Mitsouko, comme ça, ce sera clair pour tout le monde :

Les histoires d'A
Les histoires d'amour
Les histoires d'amour finissent mal
Les histoires d'amour finissent mal en général[1].

Et les voilà parties toutes les trois à chanter en chœur. C'est archifaux, elles ne sont pas ensemble et Carine tombe pendant la prestation. J'applaudis tout de même gentiment lors de leur salut.

Sur le chemin du retour, maman, qui ne m'a rien suggéré, me dit :

– Tu devrais parler de *Cyrano de Bergerac*...

Mon exposé va durer des heures ! Et ça me fait un truc de plus à lire. Enfin, j'ai un nouveau prétexte pour aller à la bibliothèque...

1. *Les histoires d'A.*, Les Rita Mitsouko.

Et le lendemain, première heure de cours, devinez quoi ? De qui parle-t-on ? De *Cyrano de Bergerac* ! Encore une fin horrible ! J'ai trouvé le titre de mon exposé *Amour : âmes sensibles s'abstenir.*

Cyrano, un poète ruiné aime Roxane, sa cousine. Mais elle en aime un autre : Christian.

Cyrano accepte, à la demande de Roxane, de prendre Christian sous sa protection et celui-ci demande à Cyrano de l'aider à séduire Roxane. Par amour pour sa cousine, il souffle les mots d'amour que Christian déclame à Roxane. Il arrive même à lui faire épouser Christian qui meurt plus tard au champ de bataille.

Les années passent. Roxane se retire dans un couvent et découvre, alors que Cyrano est mourant, qu'il était l'auteur des lettres d'amour que lui envoyait Christian.

Comme quoi on peut, par amour, accepter de faire n'importe quoi !

J'ai du mal à me concentrer parce qu'il s'agit de mon premier cours avec M. Pic depuis que j'ai découvert que maman connaissait son prénom. Je passe mon temps à l'observer. J'en arrive même à penser que c'est le genre de ma mère. AU SECOURS.

Tout le monde doit lui présenter un résumé de son exposé. Quand vient mon tour, je suis mal à l'aise. Croyant me faciliter la tâche, M. Pic me dit :

– C'est un sujet difficile l'amour, non ?

– Hmmm.

– De quelle façon penses-tu en parler ?

– Je vais présenter des poésies, des romans, des films et des chansons d'amour.

– Très bonne idée. Je pourrai te suggérer quelques textes après-demain si tu veux.

– Euh... Oui, pourquoi pas ? Merci.

Fin de notre conversation et début de mon calvaire. Pourquoi il a dit « après-demain » ? Je n'ai pas cours avec lui après-demain ! Et puis... Après-demain, c'est dimanche !

Des illusions - Désillusion

Il semblerait que le sort s'acharne sur moi. Au moment où je quitte la classe, M. Pic s'approche de moi :

– Tu diras à Hélène que c'est d'accord pour dimanche. Ça me fait très plaisir. Tu aimes les kiwis ?

– …

– Je lui ai dit que j'apporterai le dessert. Ce sera un gâteau aux kiwis. Qu'en dis-tu ?

– …

– Bon, ben, on se voit dimanche alors !

– …

Il me faut dans l'ordre : une chaise, de l'air et des pompiers.

Je sens que la soirée avec ma mère va être animée… Elle a invité MON prof à déjeuner et elle ne m'a pas prévenue.

Dommage qu'elle ne l'ait pas invité le week-end où je vais chez mon père ! J'imagine déjà M. Pic me bombarder de questions sur le collège sous le regard attendri de maman...

Sur le chemin de la bibliothèque, je rêve que Baptiste me prend dans ses bras, me console et me chante une jolie chanson.

Oui, il est là !!! Dès qu'il me voit, il vient à ma rencontre (: je flanche), il m'embrasse sur les joues (: je m'effondre) et il me sourit (: je me désintègre).

– J'ai travaillé pour toi, tu sais !

– C'est vrai ? C'est trop gentil...

– Mais non, c'est rien. Ça m'a fait plaisir.

– Vraiment ?

– Ouais, vraiment. Tiens, pendant que j'y pense, tu fais quoi demain soir ?

– Rien. Pourquoi ?

– Mon groupe Music4u passe à la salle des fêtes. Ce serait cool que tu viennes.

– Ouais, ce serait cool...

– Tu crois que tes parents seront d'accord ?

Normalement maman ne serait pas d'accord pour que je sorte toute seule. Mais quelque chose me dit qu'elle acceptera n'importe quoi avant dimanche ! Merci M. Pic !

– Pas de problème !

– Super. Je viens te chercher si tu veux.

– Euh… non, je préfère pas. On peut se retrouver devant la bibliothèque, non ?

– O.K. Vers six heures, ça te va ?

– Impeccable. Qu'est-ce que vous jouez comme musique ?

– On fait surtout des reprises de rock ou de hard rock.

– De hard rock ? C'est violent, ça non ?

– Il y a plus de guitare électrique que chez Mozart, mais il y a de très belles chansons d'amour aussi.

– Ah bon ?

– Oui. Ma préférée c'est une chanson de Metallica : *Nothing else matters*. Tu connais ?

– Euh… non.

– Tu devrais écouter. Ah, je t'ai apporté d'autres paroles. Je te les laisse, tu me diras demain ce que tu en as pensé. Je dois y aller. Salut.

– Ah ? Bon, alors salut. À demain.

J'ouvre le dossier que Baptiste m'a donné. Il y a mis un flyer de son groupe. Je le colle dans mon agenda et je commence ma lecture.

Ça dégouline d'amour,
C'est beau mais c'est insupportable.
C'est un pudding bien lourd
De mots doux à chaque phrase (…)
Je déteste les couples, je les hais tout court !
Mon cœur, mon amour, mon amour, mon cœur[1].

Ça commence mal. J'aurais dû m'y attendre ! C'est vraiment un pauvre type ! J'ai envie de pleurer…

Des chansons ! J'm'en fiche de ses chansons ! Comme si j'étais pas capable d'en trouver toute seule… « Je joue dans un groupe avec des potes… » Qu'est-ce que j'en ai à faire, moi ? Du hard en plus ! Je déteste ça ! « Ils écrivent de très belles chansons d'amour aussi. » Mais oui, c'est ça, j'te crois, continue à te moquer de moi…

1. *Mon cœur, mon amour*, Anaïs.

Son concert à la salle des fêtes, il va y aller tout seul ! Qu'est-ce qu'il s'imagine ?

Je prends mes affaires et je me dirige vers la sortie. Paola m'arrête :

– Ça n'a pas l'air d'aller, Rose.

– Si, si. Au revoir.

– Tu as vu Baptiste ? Il t'a donné les paroles ?

– Oui.

– Il a passé toute la soirée d'hier à les préparer. J'espère que tu trouveras des choses intéressantes.

– Pas pour l'instant, en tout cas.

Je sens les larmes me monter aux yeux. Paola s'approche de moi doucement :

– Qu'est-ce qui ne va pas ? Tu as l'air bizarre. Est-ce que Baptiste t'a blessée ?

Je la regarde sans rien oser dire. Ils ont l'air de bien se connaître tous les deux, je ne veux pas faire de gaffe.

– Tu sais, il est souvent maladroit, mais il t'apprécie beaucoup.

– Vous le connaissez depuis longtemps ?

– Oui ! C'est mon fils !

– Ah bon ? C'est pour ça qu'il est toujours à la bibliothèque ? Pourquoi il ne va pas au collège ?

– Il est en convalescence. Baptiste a eu de gros problèmes de santé. Il a été beaucoup hospitalisé dernièrement. Je crois que c'est pour ça qu'il est parfois désagréable. Ça a été une période très pénible pour lui. Il en voulait à ses amis, il était jaloux de leur vie : vacances, sports, sorties, tout ce qu'il ne pouvait plus faire…

– Ah…

– Mais il a l'air de tenir à toi, non ? Tu ne trouves pas ?

– Ben, je croyais, mais je n'en suis plus très sûre.

– Il ne t'a rien dit pour demain ?

– Si, il m'a proposé de venir au concert.

– Ah, très bien, ça lui fera plaisir. C'est la première fois depuis longtemps qu'il peut refaire ce qu'il aime. On se verra demain alors !

Qu'est-ce qu'on s'aime !

Je n'ai pas osé lui dire que je ne voulais pas venir. Tant pis.

En rentrant chez moi, je trouve l'appartement vide. Je m'enferme dans ma chambre, je prends mon courage à deux mains et j'ouvre à nouveau la pochette que Baptiste m'a préparée.

Au début, j'ai les mains qui tremblent et le souffle un peu court. Puis, petit à petit, je me laisse emporter. Un sourire niais vient se coller sur mon visage. Je suis aux anges.

Y'a pas d'soleil quand tu t'en vas
Y'a pas d'chaleur quand t'es pas là (...)
Non, ne pars pas sans moi
Ne me laisse pas tomber plus bas, plus bas[1].

1. *Amoré*, Diam's.

Il y a au moins une vingtaine de chansons. De différents genres. Je ne les connais pas toutes, mais dès que j'en reconnais une, me voilà transformée en chanteuse. Devant le miroir, poses incroyables, micro en main (mon agrafeuse), je suis une rock star. Puis je reprends ma lecture.

J't'aime bien quand même et tu m'aimes bien quand même et
J'm'aime bien quand même et tu t'aimes bien quand même et
Tu t'aimes bien quand même et j'm'aime bien quand même
Qu'est-ce qu'on s'aime quand même ho yé[1].

Je me surprends à rêver au concert de demain. Devant tout le monde, Baptiste me fait une déclaration, me demande de le rejoindre sur scène, m'embrasse… Je sais que c'est n'importe quoi, mais ça m'est égal ! Depuis quand je n'aurais plus le droit de faire des rêves gnangnan ? En plus, certaines paroles me ramènent les pieds sur terre.

1. *Intégration*, Anis.

Mon p'tit cœur, mon p'tit chat
Mon trésor, mon petit rat
Ma p'tite fouine, ma p'tite teigne
Ma sardine, ma sardaigne
Mon sagouin, mon trois fois rien
Merci qui ? merci mon chien[1] *!*

MUSIC 4U

À la fin de ma lecture, j'essaie de dresser un bilan. Si je me place du point de vue de l'élève qui a un exposé à faire sur l'amour, je dois reconnaître qu'il m'a bien aidée.

Le problème, c'est que mon point de vue n'est pas celui d'un élève qui doit préparer un exposé. C'est plutôt celui d'une amoureuse. Je n'ai donc plus aucun sens critique. J'ai du mal à me souvenir pourquoi je lui en voulais tellement tout à l'heure. Je ne vois plus que ses yeux, son sourire, ses clins d'œil…

Et dès que je pense au concert, j'ai le ventre à l'envers. J'y vais (il m'aime ?), ou j'y vais pas (il ne m'aime pas ?).

1. *Les mots d'amour*, Bénabar.

Ma mère rentre et me ramène (malgré elle) à l'urgence du jour : M. Pic vient dîner après-demain. Elle ne m'en a toujours pas parlé et je n'ai franchement aucune envie de l'entendre m'expliquer quoi que ce soit. J'ai l'intuition que ça ne va pas me plaire.

Je fonce dans la salle de bains. En plus le pommeau de douche fait un très bon micro. Je chante très fort tout ce qui me passe par la tête. De Francis Cabrel à Diam's en passant par Kamini et Mika. Maman doit se douter que je n'ai pas très envie de lui parler, puisque dès qu'elle tente de me dire quelque chose, je hurle de plus belle. Enfin, j'entends qu'elle me propose d'aller au cinéma après dîner.

O.K. Elle ne doit pas avoir trop envie de me parler non plus… Finalement ça m'agace. Elle me doit des explications, non ? Je sors vite fait et je la rejoins à la cuisine.

Comment parler pour ne rien dire

Maman m'accueille tout sourire.

– Ça va, poussin ?

Je n'ai pas le temps de répondre, qu'elle enchaîne :

– *Coup de foudre à Notting Hill* passe au Trianon ce soir. C'est avec Hugh Grant et Julia Roberts. Ce serait bien que tu le voies pour ton exposé. J'ai très envie d'y aller ! Ça te dit ? On mange rapidement et on y va après, d'accord ?

À côté de chez nous, il y a un petit cinéma (une salle, cinquante sièges) pas cher. Maman n'aime pas les grands complexes. Mais au Trianon, ils ne passent que des vieux films. Je réussis à l'interrompre :

– Je suis sûre qu'il est plus vieux que moi, ce film.

– Non, je ne crois pas. Il a dû sortir il y a une dizaine d'années.

Elle ne me laisse même pas le temps de prononcer O.K. !

– Aujourd'hui, j'ai eu Carine au téléphone. Elle est en pleine forme. Elle t'embrasse. Elle t'a trouvée très jolie hier soir. Elle vient de réserver une place pour une croisière réservée aux célibataires !

J'écarquille les yeux, maman poursuit sur sa lancée.

– Ce n'est pas moi qui irais sur un bateau comme ça ! Non, mais tu te rends compte ! Une croisière avec uniquement des célibataires ! Qu'est-ce qu'elle me fait rire, Carine ! Remarque, si elle peut y trouver l'âme sœur, pourquoi pas ?

Je guette le moment où elle doit reprendre son souffle pour intervenir dans notre « conversation », mais juste au moment où j'ai l'occasion de glisser un mot, j'oublie ce que je voulais dire.

Et c'est reparti :

– Tu sais au travail aujourd'hui, il s'est passé un truc incroyable…

Et là, je décroche. Je la regarde, l'air intéressée, mais je ne suis plus dans la cuisine – enfin, mon esprit n'y est plus. Je l'entends vaguement parler d'Anne-Christine une de ses collègues et de son chef. Anne-Christine est venue une fois manger à la maison. Elle est hyper agaçante. Elle m'a appelée « mon petit chou » et elle n'a pas arrêté de parler de leur travail, de son chef ceci, de son chef cela, et mon petit chou par-ci et mon petit chou par-là…

J'ai gardé une oreille un peu disponible, ce qui me permet de constater que maman est tellement à court de sujets qu'elle s'est mise à parler de sa mère ! L'heure est grave. Généralement, c'est un sujet qu'elle n'aborde que dans les cas extrêmes…

Quinze minutes plus tard, je sors de ma léthargie et je lui coupe la parole :

– J'ai des devoirs pour lundi.

En temps normal, elle s'étonnerait : faire mes devoirs le vendredi pour le lundi, ça ne me ressemble pas trop. Mais là, pas de réaction. Elle doit être soulagée de s'en être si bien sortie. Je suis curieuse de voir comment elle va s'en tirer au dîner.

En attendant, j'attaque mes exercices de maths presque avec plaisir. C'est beaucoup moins pénible que le dimanche soir. En plus, ça me fait des vacances. Au moins, je ne pense ni à ma mère ni à Baptiste !

Le dîner consiste en des espèces de croque-monsieur aux légumes avec une sauce orange. Ça doit être une recette de Louisa. Elle invente toujours des recettes bizarres. Mais elle, elle les réussit. Ce qui n'est pas franchement le cas de ma mère.

Pendant le repas, maman me parle, et me parle, et me parle. De tout sauf de l'invité surprise ! Ça va des vacances d'été à une petite-jupe-très-sympa en passant par des idées de décoration pour le salon !

Durant ce monologue, je bois beaucoup d'eau pour réussir à avaler le croque aux légumes. Je fais « hmm hmm » de temps en temps. Puis je lui dis :

– Bon, on y va ?

Et hop, c'est reparti ! En route, j'ai droit à un cours complet sur Londres et le quartier de Notting Hill, où se déroule le film. Les maisons victoriennes, les magasins de musique, le carnaval, la brocante de Portobello… Je n'ai pas besoin de lui demander si elle y a déjà été : elle a déjà commencé à me raconter son dernier séjour londonien avec Carine et Louisa. Séjour au cours duquel Louisa a rencontré un John absolument génial qui n'avait qu'un seul défaut : il habitait en Australie.

Et si on parlait vraiment ?

Maman ne s'arrête de parler qu'au début du film. Même pendant les pubs et les bandes-annonces, elle a des choses à dire. Enfin, elle n'a pas grand-chose à dire mais elle parle. À la sortie du cinéma, il ne lui faut pas longtemps pour reprendre la parole.

J'ai droit à un discours sur les acteurs : ce qu'elle a pensé de leur façon de jouer, du scénario, ce qui était drôle, ce qui était vraisemblable, invraisemblable, etc.

Moi je suis encore dans le film. Hugh Grant jeune, il vaut le détour ! Et j'ai adoré quand, à la conférence de presse, il avoue son amour à Julia Roberts. Bercée par le flot de paroles incessant de ma mère, je m'imagine à sa place. Sauf que moi, je ne m'adresserais pas à une star de cinéma, mais à une star du rock !

Je reprends le fil du monologue de maman. Elle est en train d'évoquer ses premières rencontres avec papa. Comment il était, ce qu'il faisait pour la séduire, la présentation à ses beaux-parents. Il semblerait que mamie et papi ne l'aient pas trop appréciée au début. Mais ils ont bien changé. Maintenant c'est au tour de Clarisse d'être la mauvaise tandis que maman est devenue la belle-fille idéale. Elle s'entend mieux avec eux qu'avec sa propre mère ! Pour la première fois de la soirée, je l'écoute avec plaisir.

Avant que ses souvenirs ne l'amènent au moment où ça a commencé à ne plus aller entre eux (je connais par cœur), je réussis à placer ma question. La seule et l'unique.

Je suis un peu directe :

– Et Pascal ?

– Pardon ? Quoi ? Qu'est-ce que tu veux dire ?

– Ben, Pascal, tu l'as connu comment ?

– Pourquoi tu me demandes ça ?

– Au cas où tu l'aurais oublié, je te signale qu'il vient déjeuner dimanche.

– Ah, oui… Je comptais t'en parler tranquillement demain.

– Trop tard, il m'a demandé si j'aimais les kiwis. Il apporte le dessert apparemment.

Et là, un blanc. Un grand silence qui dure, qui dure, qui dure. Ma mère ne s'attendait pas à une attaque de ce genre, je lui laisse le temps de s'en remettre. Mais elle reste muette jusqu'à la porte de l'appartement. Enfin, elle commence, d'une voix pas très assurée :

– Tu sais…

Elle sort ses clefs.

– En fait, c'est très simple.

Elle met les clefs dans la serrure.

– Tu vois…

Elle tourne les clefs.

– On était à la fac ensemble.

Elle pousse la porte.

– C'est tout.

Elle entre et elle referme la porte.

– Rien de spécial ! On en reparle demain, tu veux bien ? Je suis fatiguée. Allez, va vite te coucher, chérie, il est déjà tard. Bonne nuit.

Je suis tellement étonnée que je ne trouve rien d'autre à répondre que :

– Bonne nuit.

J'ai du mal à m'endormir. Généralement, quand c'est comme ça, je lis, mais là, je n'arrive pas à me concentrer sur mon magazine. Cette journée a été trop bizarre. Au moment où je m'endors, Cyrano de Bergerac invite Roxane à un concert de hard rock à Notting Hill. Ma nuit s'annonce mouvementée…

Je suis réveillée par le bruit de l'aspirateur. Je déteste ça (le bruit de l'aspirateur et être réveillée). J'ouvre les yeux avec difficulté. Il n'est que huit heures ! Quelque chose ne tourne pas rond. Ma mère n'est pas du genre à se lever tôt pour faire le ménage. D'autant qu'en arrivant dans le salon, je la trouve rayonnante, comme si elle était heureuse de passer l'aspirateur.

Soudain, je me rappelle que M. Pic vient déjeuner demain… Voilà la raison de toute cette agitation. Quand je pense qu'elle m'a dit hier : « On était à la fac ensemble, c'est tout. » Elle me prend vraiment pour une cruche !

Je me rends assez vite compte que passer l'aspirateur est aussi un bon moyen de ne pas se parler.

Je m'installe à mon bureau et je commence à sélectionner les textes que je citerai dans mon exposé.

L'une s'agite, l'autre cogite

Vers onze heures, ma mère débarque dans ma chambre armée de chiffons et de produits ménagers. On dirait qu'elle ne m'a pas vue. Je la laisse faire avec plaisir. Pour une fois qu'elle ne me gronde pas à cause du désordre !

Sa présence ne m'empêche pas de continuer à travailler. J'ai vraiment bien choisi mon sujet. Non seulement je n'ai pas eu l'impression de travailler pendant mes recherches, mais, en plus ça m'a permis de rencontrer Baptiste.

Le problème sera peut-être de présenter l'exposé devant toute la classe… Ça risque de déclencher des rires. Tant pis. Je suis sûre qu'un tas d'élèves seront intéressés par le sujet alors qu'ils ont honte de l'avouer.

Le téléphone me sort de mes rêveries. C'est Lucille qui me demande si j'ai envie de l'accompagner à un concert ce soir !

Je fais comme si je n'en avais pas entendu parler.

– Quel concert ?

– Le concert de Greg. Il joue avec son groupe à la salle des fêtes ! T'es pas au courant ?

– Greg ? Grégoire Laviz ?

– Ben oui, tu savais pas ?

Non. Je ne savais pas. Grégoire est typiquement le genre de garçon qui ne m'intéresse pas. Il pourrait venir au collège habillé en canard, je ne le remarquerais pas. Toujours en train de se vanter et incapable de finir une phrase sans prononcer au moins trois fois « je ». Et puis il n'arrête pas de tripoter ses cheveux dans un mouvement de tête très étudié. En plus, comme il se croit beau, il passe son temps à envoyer des clins d'œil à toutes les filles ! Mais honnêtement, entre les siens et ceux de Baptiste, il n'y a pas de comparaison possible !

Je n'arrive pas à croire que Baptiste et lui soient copains.

– Il n'y a que leur groupe qui joue ce soir ?

– Je ne sais pas, me répond Lucille. Pourquoi ?

– Comme ça. Tu y vas à quelle heure ?

– J'ai rendez-vous à six heures avec Greg devant la mairie. On se retrouve là-bas ?

– Je ne sais pas. Je te rappelle.

Après ce coup de fil, impossible de me remettre au travail. Il faut que je fasse le point. D'innombrables questions surgissent. Objectif : y répondre en moins de trois minutes.

1. Greg. Est-ce que c'est le futur petit copain de Lucille ?

2. Greg et Baptiste. Est-ce qu'ils jouent dans le même groupe ?

3. Est-ce que j'accompagne Lucille au concert ? Sachant que maman me laissera sortir si elle sait qu'on est ensemble, la réponse est oui.

4. La bibliothèque et la mairie sont côte à côte. Si je vais au rendez-vous de Baptiste à six heures, je croiserai Lucille. Est-ce un problème ?

4 bis. Pourquoi je n'ai tout simplement pas parlé de Baptiste à Lucille ?

5. Comment vais-je m'habiller ?

6. Est-ce que c'est le moment de sortir mes chaussettes à orteils ?

7. Qu'est-ce que je dis à maman ?

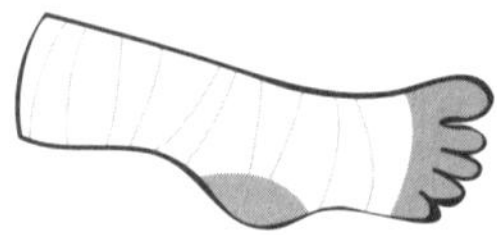

À ce moment, une évidence s'impose : la question n° 5 est la plus urgente. Je me plonge dans mon armoire et là, horreur. Je n'ai rien à me mettre. Il faut que je m'achète au moins un petit haut. L'idéal serait qu'il soit assorti à ma dernière paire de chaussettes. Je sais bien que personne ne le remarquera, mais moi, ça me fera un bien fou. Ma dernière paire va être difficile à assortir : elle est violette avec des points verts et orange.

J'inspecte l'armoire de maman, par acquit de conscience, mais rien ne va. Je m'y attendais un peu. J'adore fouiller dans son armoire, regarder ses pulls, essayer ses vestes, sentir son odeur. Elle ne s'habille pas trop mal, mais sur moi ses affaires ont l'air moches.

À une heure et demie, je me retrouve par hasard à la cuisine avec ma mère. Guidées par nos ventres affamés, nous cherchons de quoi manger. Évidemment, il n'y a rien. Maman a nettoyé toute la matinée, elle n'a pas eu le temps d'aller au marché. C'est exactement l'occasion que j'attendais.

– Et si on allait manger au japonais du centre commercial ?

– Mouais, me répond-elle sans enthousiasme.

– Tu ne voulais pas t'acheter un truc pour demain ?

– Un truc, quel truc ?

– Je ne sais pas moi, un petit bijou, un chemisier, une jupe, n'importe !

– Oui, c'est pas bête, ça. Allez on file !

Le séducteur est de retour

Là, je dois dire que j'ai été particulièrement douée. Ça me donne le courage de demander à maman l'autorisation d'aller au concert. Je me lance dès qu'on est installées à la table du restaurant.

– Lucille m'a téléphoné tout à l'heure, il y a un concert à la salle des fêtes. C'est un groupe de copains du collège qui joue. Tiens regarde, c'est eux.

Je lui montre le flyer de Music4u que Baptiste m'a donné.

– Je ne comprends pas.

– Tu ne comprends pas quoi ?

– Le nom du groupe « Music quatre u » ? Qu'est-ce que ça veut dire ?

– Mais non! Music for you! C'est en anglais. Et en plus, comme ils sont quatre, ça fait un jeu de mots!

– Ahhh? Je n'aurais pas deviné. C'est marrant comme idée. Et tu les connais?

– Oui un peu. Alors, tu serais d'accord pour que j'y aille?

– C'est quand?

– Ce soir. J'ai rendez-vous à six heures à la mairie avec Lucille.

Juste à ce moment, il y a un gros boum dans ma poitrine. Baptiste est là. Il s'approche de notre table en souriant. Je suis pétrifiée. Amis de la bafouille, venez à mon secours.

– Bonjour, Rose. Bonjour madame, comment allez-vous? dit-il en serrant la main de ma mère.

– Bonjour, répond ma mère dans un grand sourire.

– 'lut (c'est moi).

– Je suis Baptiste Klemer, un ami de Rose. On a travaillé ensemble sur son exposé.

– Ah ? Très bien !

– Accompagnerez-vous Rose ce soir ?

– Ce soir ?

– Oui. Au concert. Je joue avec mon groupe.

– Ah oui ? Vraiment ? Non, je ne crois pas. Mais Rose y sera avec son amie Lucille.

– Avec Lucille ? s'étonne Baptiste.

– Oui, je dois la retrouver à six heures à la mairie.

– Ah bon ? Mais peut-être pourrions-nous la retrouver ensemble ? Qu'en penses-tu Rose ?

– Je… Oui… Pourquoi pas.

Je ne sais plus où me mettre. Je ne peux même pas lui expliquer que je n'avais pas l'intention de retrouver Lucille, que c'était juste un petit mensonge pour que ma mère me laisse aller au concert. Ça m'apprendra à mentir !

– C'est une très bonne idée, déclare maman. Excusez-moi, Baptiste, mais seriez-vous aussi d'accord pour raccompagner Rose à la fin du concert ? Je serai plus tranquille.

– Bien sûr, madame. Avec plaisir.

Puis se tournant vers moi :

– Je viens te chercher à cinq heures et demie chez toi, d'accord ?

– O.K., ça marche.

– Au revoir madame. Au revoir Rose, à tout à l'heure.

– Au revoir Baptiste et merci beaucoup.

– 'lut (c'est moi).

Quand il s'en va, ma mère me regarde l'air un peu ailleurs, un peu rêveur.

– Il est charmant ce garçon. Il est dans ta classe ? Tu le connais depuis longtemps ? Il est vraiment très poli. J'adore ça.

Je plonge dans mon bol tandis que ma mère continue :

– Toutes les filles doivent être amoureuses de lui, non ? En tout cas, moi à ton âge, je pense que j'aurais craqué.

– Arrête s'il te plaît maman. On y va ?

– Oui, oui, c'est bon. Mais on ne traîne pas, j'ai plein de trucs à faire à la maison.

– Tu veux essayer la robe verte de tout à l'heure ?

– Oui, pourquoi pas. Et toi, tu ne veux rien ? Tu pourrais peut-être te trouver quelque chose de sympa pour ce soir.

– On peut toujours regarder...

Bien joué ! Je repars avec une tenue complète ! Un tee-shirt violet comme mes chaussettes, un pantalon et des bottes ! En arrivant à la maison, je m'aperçois que j'ai oublié de demander des explications supplémentaires à maman au sujet de M. Pic. Mais depuis le déjeuner, je suis sur un petit nuage. Baptiste vient me chercher et il me raccompagnera. Et puis il a réussi à charmer maman. Youpi, youpi !

J'ai rappelé Lucille pour lui confirmer notre rendez-vous. Elle m'a proposé de dormir chez elle après. Mais je ne veux pas perdre l'occasion de rentrer avec Baptiste. J'invente une excuse bidon pour refuser. Lucille en rajoute : sa mère ne veut pas qu'elle rentre seule.

Je lui lance :

– Pourquoi tu ne demandes pas à Greg de te raccompagner ?

– Ah ! Ah ! Très drôle. Tu me vois lui poser la question ? C'est nul !

Moi, je trouve ça plutôt bien. Enfin, avec Baptiste dans le rôle de l'accompagnateur ! C'est sûr qu'avec Grégoire Laviz ce ne serait pas la même chose.

Mince, j'ai oublié de lui dire que je viendrai avec Baptiste. Tant pis ! Elle aura une surprise.

Je plane toujours quand, vers quatre heures et demie, mon ciel s'assombrit. Je viens de réaliser que Baptiste ne sait pas où j'habite. Comment va-t-il venir me chercher ?

Rendez-vous avec l'amour

À cinq heures moins le quart, j'ai une idée lumineuse ! Je vais chercher son numéro de téléphone ! Je ne sais pas pourquoi je n'y ai pas pensé avant. Il a dit son nom à maman tout à l'heure. Impossible de m'en souvenir… J'étais tellement surprise de le voir que je n'y ai pas fait attention ! Quelle nulle ! Je ne me vois pas lui demander si elle s'en souvient…

Peut-être qu'en feuilletant l'annuaire, son nom me reviendra… Mais non : il y en a vraiment trop ! Je vais sur Internet, essayer avec le prénom de sa mère. Paola, il ne doit pas y en avoir beaucoup ? Mauvaise pioche, le prénom ne suffit pas. Je regarde à tout hasard dans la pochette et sur le flyer qu'il m'a donnés, mais il n'y a pas le moindre indice.

De toute façon, il faut que je me prépare. Je vais finir par être en retard.

Je sors de la salle de bains, enfin satisfaite du résultat. Mon nouveau jean et mon nouveau tee-shirt sont parfaits. J'hésite encore à mettre mes bottes. Pour un concert de rock, c'est sûrement mieux de mettre mes vieilles baskets adorées.

Je n'ai toujours pas résolu cette question cruciale, lorsque j'entends ma mère parler à quelqu'un. Je sors doucement de ma chambre. C'est Baptiste ! Il est en avance, ou je suis en retard ? Je vérifie. Il est en avance. Comment a-t-il trouvé mon adresse ? Je respire un grand coup, et hop ! Je fais mon entrée au salon.

J'ai l'impression, l'espace d'un instant, d'être une bête de foire. Examinée par deux experts en bovins. Mais non, tout va bien.

– Superbe, me dit ma mère.

– Magnifique, renchérit Baptiste.

Puis ils éclatent de rire.

– Quoi ? Qu'est-ce qu'il y a ?

Je fonce devant un miroir. Je ne vois rien… Jusqu'à… Jusqu'à ce que j'aperçoive mes pieds. Aïe. La honte. La méga honte ! À gauche, une botte, à droite une basket.

Je regagne ma chambre, j'enlève la botte, j'enfile ma basket en deux temps trois mouvements. Puis, je fais preuve d'un courage hors du commun pour aller les retrouver. J'arrive même à sourire.

– C'est mieux comme ça ?

– Parfait. Mais c'était bien aussi tout à l'heure. Qu'en pensez-vous, Hélène ?

– C'est vrai. Allez, filez. Bonne soirée, chérie. Au revoir, Baptiste. Bon concert !

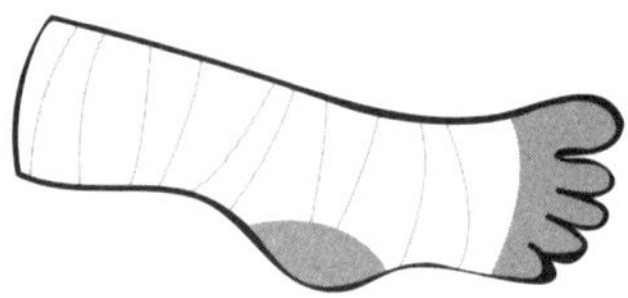

Une fois dehors, je demande à Baptiste :

– Tu connaissais mon adresse ?

– Non. J'ai regardé sur ta fiche à la bibliothèque.

– Et pour le prénom de ma mère ?

– Sur l'interphone ! Je suis le fils de Sherlock Holmes.

– Ah ? Je croyais que tu étais le fils d'Elvis ?

– Non. C'est mon oncle. Au fait, tu as trouvé des chansons pour ton exposé ?

– Oui, oui, merci. Au début, j'ai cru que tu te moquais de moi.

– Normal.
– Pourquoi ?
– Parce que je me moquais de toi.
– Si tu pouvais éviter de le faire devant ma copine, tout à l'heure, ce serait vraiment cool.
– Ah oui, Lucille. C'est quoi ce plan ?
– Euh… Elle m'a téléphoné pour me demander si je voulais l'accompagner. Du coup je n'ai pas parlé de toi à ma mère, mais seulement de Lucille.
– Sympa.
– Désolée. Mais comme ça j'étais sûre qu'elle accepterait. Rusé, non ?
– Mouais.
– Au fait, tu connais Greg ? Il joue ce soir au concert.
– Oui. On joue ensemble.
– Tu l'aimes bien ?
– Bof, sans plus. Pourquoi, elle est avec Greg, ta copine ?
– J'espère pas, je ne l'aime pas.
– En fait, moi non plus. J'ai eu peur que ce soit un de tes copains.
– Non. Je n'ai pas trop de copains au collège. Je ne suis arrivée qu'au début de l'année.

Il est vraiment très sympa. J'hésite à lui parler de sa maladie. J'ai peur de tout gâcher. On s'installe dans le parc de la mairie, pour attendre Lucille et Greg et on continue à discuter, surtout moi, d'ailleurs. Je suis une vraie pipelette. Il suffit que quelqu'un m'écoute, et c'est parti pour des heures ! Je lui parle de maman et de M. Pic qui vient déjeuner demain. J'espère qu'à son retour au collège il ne se moquera pas de moi à cause de ça ! Oh et puis mince ! On doit faire confiance à son amoureux !

Il me propose de lui téléphoner demain si le déjeuner est trop pénible. On se retrouvera dans l'après-midi. Et puis lui, ça l'arrange parce que ses grands-parents « plus ennuyeux, tu meurs » viennent manger.

Devine qui c'est ?

Je n'en reviens pas. Lucille et Greg arrivent main dans la main.

– Tu te rends compte, je chuchote à l'oreille de Baptiste, c'est ma meilleure copine et elle ne m'a rien dit !

– Et alors ? Tu lui as parlé de nous, toi ?

– Ben non. Qu'est-ce que tu veux que je lui dise ?

– Que tu es follement amoureuse de moi, et qu'on va se marier dans un mois !

– Oui, oui, c'est ça. En attendant, ça t'embête si on fait comme si on ne se connaissait pas ? Je n'ai pas envie que Greg se moque de moi.

– Tu crois qu'il se moquerait de toi parce que tu es avec moi ?

– Non, non, c'est pas ce que je voulais dire. Mais tu sais au collège, il est vraiment pénible.

– O.K. Comme tu veux.

En me voyant, Lucille me gratifie d'un grand sourire. Puis elle semble se souvenir qu'elle tient la main de Greg. Du coup elle a l'air gênée. Moi, je fais comme si de rien n'était.

On commence à discuter et puis, je ne vois plus rien : quelqu'un a posé ses mains sur mes yeux.

– Devine qui c'est ?

Évidemment, je reconnais tout de suite la voix de Baptiste.

Je réponds d'un air détaché :

– Je ne sais pas. Sherlock Holmes ?

– Mais non ! Allez, je t'aide ! Tu es follement amoureuse de moi, et on va se marier dans un mois ! Alors tu as deviné ?

Il me fait pivoter vers lui et m'embrasse.

Je répète :

Il me fait pivoter vers lui et m'embrasse.

Il m'embrasse. Moi. En vrai. Comme ça. Devant ma copine. Devant la mairie... Pour être franche, à ce moment-là la mairie et Lucille, je ne les ai pas vraiment en tête.

Quand nous réintégrons le monde réel, Greg remet sa mèche en place et nous demande :

– Vous vous connaissez ?

– Exact, lui répond Baptiste. Comment as-tu deviné ?

Lucille me jette un regard qui signifie : « Pourquoi tu ne m'as rien dit ? ». J'essaie un geste pour lui faire comprendre : « On en parle tout à l'heure ». Mais vu son air étonné, elle n'a pas dû saisir…

Nous partons pour la salle des fêtes. Baptiste et moi, main dans la main. En arrivant, les garçons nous proposent de les accompagner en coulisses (Greg dit : « backstage »). On y retrouve les autres membres du groupe : Karim et Christophe. C'est l'occasion pour moi de mettre à jour mes connaissances sur la vie du collège : Karim est avec Mélissa (je la déteste), Christophe avec Juliette (O.K.).

Mon entrée accompagnée de Baptiste produit un certain effet. Dès qu'elles le reconnaissent, les filles poussent des petits cris, lui demandent s'il va bien, s'il va revenir au collège, etc. Mélissa me regarde avec incrédulité, comme si c'était impossible que je sois avec lui. Elles m'ont toujours plus ou moins prise pour une nulle. Là, elles n'en reviennent pas !

C'est la première fois que je suscite de l'envie et je dois dire que je m'y habitue très bien. Ça me donne l'impression d'être belle et j'adore ça ! Baptiste salue ses amis. Moment d'angoisse. Il est capable de tout.

– Bonjour, c'est sympa que vous vous souveniez de moi. Vous savez que je suis le futur mari de Rose ?

Si on était dans une B.D., je serais représentée avec un tourbillon au-dessus de la tête et des petites étoiles. Il y aurait aussi une bulle avec, à l'intérieur, un « Oumpfff ! » géant qui montrerait que j'ai le souffle coupé.

– Vraiment ? s'étonne Mélissa.

– Normalement oui. Mais Rose trouve que ce n'est pas très rock'n'roll, alors on verra !

Il se tourne vers moi.

– On va répéter et faire la balance. On se retrouve après le concert ?

– O.K. À tout à l'heure.

Il prend sa guitare et part avec son groupe. Instantanément, les filles me sautent dessus.

– Je croyais qu'il était à l'hôpital ?

– Ça fait longtemps que vous êtes ensemble ?

Avant que j'aie pu répondre, Baptiste revient. Il écarte Juliette et Lucille :

– Excusez-moi, mesdemoiselles. J'ai oublié quelque chose. Quelque chose de très important.

Il me prend par la main et m'entraîne un peu à l'écart.

– Je suis désolé pour tout à l'heure à la mairie, mais j'en avais trop envie. Tu ne m'en veux pas ?

– Non, j'ai adoré. C'était ça le truc important que tu avais oublié ?

– Non. J'ai oublié de t'embrasser.

Et il se penche vers moi

– Voilà. C'est mieux comme ça, non ?

À peine est-il parti que Mélissa et Juliette se précipitent vers moi.

Bienvenue au club

Nous (les petites amies des musiciens), nous installons au premier rang. Au bout d'une heure, tout le collège est là. Malgré leurs attaques, j'ai réussi à ne rien raconter aux filles. Ce n'est pas parce que nos amoureux jouent ensemble qu'on est amies.

Je crois d'ailleurs que Mélissa pense la même chose. Sous prétexte que Karim est le chanteur, elle nous prend un peu de haut, ce pour quoi elle n'a pas besoin d'entraînement. J'arrive à m'éloigner avec Lucille pour parler tranquillement. Quand le concert débute, nous n'avons pas encore fini ! Mais j'ai appris que Baptiste avait une petite amie qu'il a quittée avant qu'elle ne déménage. Je n'ai donc pas de rivale connue.

Lorsque les garçons montent sur scène, le collège se déchaîne pour les applaudir. Greg est aux claviers, Christophe à la basse, Karim au chant et à la guitare.

Quand Baptiste se montre enfin, j'ai un petit moment d'angoisse : il est beaucoup moins applaudi que les autres. Mais ça ne le perturbe pas trop et je le vois faire le plus beau sourire du monde, accompagné d'un clin d'œil majestueux. Il n'en fallait pas plus pour qu'il recueille un tonnerre d'applaudissements. Il faut reconnaître qu'il est vraiment très très beau. Lucille me tapote l'épaule et m'adresse un sourire radieux. Je décode immédiatement : elle est heureuse pour elle, pour moi et donc pour nous.

Le concert est un succès. Pas de raté ni d'oubli. Ils jouent des reprises très rock'n'roll de vieilles chansons et des compositions à eux. Ils assurent. Karim dans son rôle de chanteur-présentateur est impeccable. Il arrive même à placer deux ou trois blagues qui font rire toute la salle.

Au moment des présentations, le collège scande : « Ka-rim ! Ka-rim ! Chris-tophe ! Chris-tophe ! » Karim, après avoir fait durer les applaudissements, déclare :

– Désolé les filles, mais nos cœurs sont déjà pris !

Pendant que les filles hurlent « Karim, on t'aime ! », on se regarde toutes les quatre avec de grands sourires. L'espace d'un instant nous appartenons au même club.

– Et pour nos chéries, enchaîne Karim, une dédicace musicale choisie par Baptiste : *Sexual healing* de Marvin Gaye.

Ooh, now let's get down tonight
Baby I'm hot just like an oven
I need some lovin'
And baby, I can't hold it much longer
It's getting stronger and stronger
And when I get that feeling
I want sexual healing.

Et c'est vraiment génial. Encore mieux que l'original.

En plus je sais que Baptiste a choisi cette chanson pour moi. Vu le titre, je suis rouge comme une tomate, mais l'avantage d'un concert, c'est que personne ne s'en rend compte !

Au moment où ils s'apprêtent à quitter la scène, un groupe hurle :

– Mar-vin ! Mar-vin !

Alors ils la rejouent. J'en ai la chair de poule !

Quand les lumières se rallument, Marie s'approche de moi :

– Tu sais, le batteur, c'est le garçon dont je te parlais ! Celui qui était à l'hôpital. Je t'avais dit qu'il était super beau. On va l'attendre à la sortie des artistes avec Nina pour lui dire bonjour. Tu viens avec nous ?

Nina ! Horreur ! Malheur ! La plus belle fille du collège. Non pas que je passe mon temps à élaborer des classements, mais elle est vraiment très jolie.

En plus, il paraît qu'elle est sympa. Enfin… d'après Marie. Moi, je la trouve assez… euh… trop… enfin j'en sais rien, mais je ne l'aime pas.

Je file en coulisses rejoindre Baptiste. Il y a du monde partout : les parents, les frères et sœurs sont là ! Nous, les pauvres petites amoureuses, on compte pour du beurre. On essaie de se donner une contenance comme on peut, Juliette se remaquille, Lucille sourit et Mélissa allume une cigarette. Pourtant, elle a fait un super exposé sur les dangers du tabac...

Vingt baisers plus tard

Paola me fait signe.

– Bonjour, Rose ! Je suis contente de te voir ! Ça t'a plu ? Ils sont bons, hein ?

– Oui ! Super, j'ai adoré. Baptiste joue vraiment bien.

– Tu sais, c'est la première fois que je le vois sur scène. Je suis très fière. Mon mari n'arrête pas de me dire de me calmer, mais je suis tout énervée ! Bon, à plus tard, je vais lui faire la bise.

Elle est à peine partie que le club des amoureuses se tourne vers moi :

– C'est qui ? me demande Lucille.

– Ben, c'est la mère de Baptiste.

– Tu la connais ?

– Ben oui.

Juliette n'en revient pas :

– Vous vous faites la bise ?

– Elle a l'air cool, ajoute Lucille.

Seule Mélissa n'a rien à dire. Elle regarde ailleurs. Je suis la direction de ses yeux et tombe sur Karim et ses parents. Son père a l'air sympa mais sa mère en fait un peu trop… Telle que je connais Mélissa, elle est déjà en train de les ranger dans la case « ringards ».

Je rejoins Baptiste qui commence par m'embrasser. Je suis à nouveau rouge comme une tomate pour dire bonjour à son père, sauf que là, ça se voit !

– Papa, je te présente Rose, la fille la plus cool de toute la terre. Maman la connaît et l'apprécie beaucoup. Elle est d'accord pour notre mariage, elle t'expliquera. Bon, on y va, Rose ?

Puis, s'adressant à ses parents :

– J'ai promis à belle-maman de la raccompagner. Ne m'attendez pas. Ciao !

O.K. Je savais qu'être amoureuse impliquait de faire des efforts, voire des sacrifices. Mais là, ça commence fort. Il dit à tout le monde qu'on va se marier ! On se connaît depuis cinq jours. On est officiellement ensemble depuis trois heures et quarante-sept minutes. Si ça continue, il va me parler des enfants lundi, et on ira choisir une concession au cimetière le week-end prochain.

Mais j'ai une urgence. Nina doit attendre Baptiste à la sortie des artistes. Si je veux avoir une chance de rester son amoureuse jusqu'à demain, Baptiste ne doit pas la rencontrer.

Afin de l'éviter, je propose à mon futur époux de sortir par l'entrée principale. Adieu Nina, adieu Marie, je vous laisse la sortie des artistes. Bonne soirée !

Je crois que je n'ai jamais mis aussi longtemps pour rentrer chez moi. L'idée de le quitter me gâche presque le plaisir d'être avec lui. Arrivée devant ma porte, je ne lui propose pas de monter chez moi. À mon âge et juste après le premier baiser, ça ne se fait pas ! Et puis, je ne veux pas qu'il croie n'importe quoi. Ça n'a pas l'air de lui poser de problème : il est crevé. Mais pour quelqu'un de fatigué, il a du mal à partir.

– On s'appelle demain ?

Un baiser.

– Bonne nuit.

Un baiser.

– Je t'appelle dès que j'en ai marre de mes grands-parents.

Un baiser.

– Mais si t'en as marre avant moi, tu m'appelles.

Un baiser.

– À demain.

Un baiser.

– C'était bien, hein, le concert ?

Finalement je lui dis que ma mère va s'inquiéter et, miracle, ça marche !

En rentrant, je m'écroule sur le canapé. L'appartement sent bon, tout est propre. Maman a dû briquer pendant des heures. M. Pic a intérêt à s'en rendre compte !

Elle m'appelle de sa chambre. Elle est en train de lire au lit.

– C'était bien ce concert ? me demande-t-elle sans se lever.

– Oui, super !

– Bon, tu me raconteras demain. Je suis crevée. Bonne nuit, chérie.

« Bonne nuit, chérie. » Je ne sais pas comment je vais pouvoir m'endormir. Moi qui aime me faire des films, j'ai de quoi passer une nuit blanche entièrement dédiée à rejouer la scène du parc, la scène de la mairie, la scène du concert et ainsi de suite.

Je me lave les dents dans un état second. J'enfile mon pyjama sans m'en rendre compte et je plonge sous ma couette en effectuant un saut périlleux avec triple vrille (sous les applaudissements du public).

J'étends mes jambes, j'étire mon dos, je tapote mon oreiller. Bref, je me mets dans les conditions idéales pour une nuit blanche.

La ruse de Rose

C'est un échec total. Je m'endors dans la seconde. Et au réveil, je ne me souviens d'aucun rêve. Mon amie la douche m'offre la possibilité de chanter mes plus grands succès. Évidemment, je propose à mon public (le pommeau) des versions très rock'n'roll.

Au petit-déjeuner, dans un moment de lucidité, je demande à ma mère :

– Il faudrait peut-être que tu me parles de Pascal avant qu'il n'arrive, non ? Il va trouver ça bizarre que tu ne m'aies jamais parlé de lui.

Bingo ! L'argument fait mouche. Elle ne veut surtout pas paraître « bizarre »…

Elle se racle la gorge, le temps de vérifier que rien ne s'oppose à sa déclaration.

– Oui, bien sûr, mais je crois que je t'ai déjà tout dit l'autre soir.

– L'autre soir ? En revenant du cinéma ?

– Oui.

– Tu rigoles ? Tu m'as juste dit que vous étiez à la fac ensemble !

– Oui. Il n'y a rien de plus.

– Mamaaannn, s'il te plaît !

– Quoi ? Bon, d'accord, on a peut-être été un peu amoureux. Mais c'est tout !

– Comment ça, c'est tout ? C'était quand ? Combien de temps ? Et papa ? Lui aussi tu l'as rencontré à la fac !

Elle abdique en soufflant, boit une gorgée de café et lève les yeux au ciel. Elle prend son bol et se dirige vers l'évier. Là, elle me tourne le dos et déclare :

– On s'est rencontrés le premier jour. Au moment des inscriptions. Ça a été dingue. Un vrai coup de foudre. Il était génial, drôle, brillant. Rapidement, il a voulu qu'on habite ensemble, qu'on se marie, qu'on ait des enfants. Mais moi, je n'étais pas prête. Il a été tellement déçu que je refuse que ça n'a jamais plus été comme avant, puis on s'est séparés. On a été très malheureux, chacun de notre côté. Après j'ai rencontré ton père.

Lui aussi m'a demandée en mariage, et là j'ai dit oui. Je ne voulais pas commettre deux fois la même erreur ! Je n'ai jamais revu Pascal après cette première année. Sauf en septembre, à la réunion parents-profs. On s'est tout de suite reconnus. Mais je n'avais pas envie de reparler du « bon vieux temps ». Et puis, il y a deux semaines, on s'est rencontrés par hasard au supermarché. On est allés boire un café ensemble. Je pensais que nous en resterions là jusqu'à ce qu'il m'envoie ce mot. J'ai réfléchi, je l'ai appelé et lui ai proposé de venir déjeuner.

Elle regarde sa montre, affolée.

– Je parle trop. Il est déjà neuf heures ! Il est du genre à arriver en avance, tu sais ?

– Mais il ne va pas venir à dix heures quand même ! Détends-toi. Ça va bien se passer !

– Je me détendrai ce soir. Pour l'instant j'ai un millier de choses à finir.

– Qu'est-ce que tu prépares pour le déjeuner ?

– Une petite salade en entrée et après la recette de Carine. Tu sais, le feuilleté aux épinards.

– Ah ? Super. Tu veux que je t'aide ?

– Non, merci. Tu n'as rien à faire, pas de devoirs ?

– Si. Je vais finir mon exposé, puis je rangerai ma chambre.

Ça va être rapide : je n'ai plus qu'à rédiger la conclusion. Au cas où personne n'aurait rien à se dire ce midi, je la montrerai à M. Pic. Quant à ma chambre, je ne sais pas s'il va la visiter, mais mieux vaut anticiper !

Tout en rangeant et en m'habillant (jean et pull noir) je repense à l'histoire de M. Pic et de maman. Le côté pressé de vivre en couple me fait un peu penser à Baptiste, mais j'efface cette idée d'un revers de la main. Chez lui, ça ne peut être que de l'humour… Enfin, j'espère !

Je me demande, si après une longue interruption, on peut recommencer et transformer une histoire d'amour ratée en histoire d'amour qui finit bien !

Pic et fils

Cette perspective me donne des ailes pour mettre le point final à mon exposé. Le rangement de ma chambre ne prend que deux minutes. Je vais aider maman à finir de préparer le déjeuner.

Les conversations dans la cuisine, c'est notre spécialité. On est bien, ça sent bon, il fait chaud…

Lucille aussi discute avec sa mère dans la cuisine. Ça doit être un truc de filles !

Maman en profite pour me questionner sur Baptiste. Je reste évasive. Je lui dis seulement que le concert d'hier était très sympa. Qu'il rentre au collège demain, que sa mère est bibliothécaire et que son père s'appelle Olivier.

Elle a l'air très satisfaite de toutes ces précieuses informations. J'en profite pour lui glisser que je le verrai peut-être cet après-midi. Apparemment, ça ne pose aucun problème.

Puis on papote tranquillement du collège, des vacances, de mes cousins qui vont peut-être venir… J'apprends que les parents de Pascal étaient de vraies peaux de vaches, et que ça a contribué au refus de maman de l'épouser. J'apprends aussi qu'il avait une moto rouge et les cheveux longs. Ça c'est la meilleure ! Vu que maintenant, il n'a plus grand-chose sur la tête, je suis morte de rire !

Maman retrouve même une photo. Ouaah. Ils étaient vraiment beaux tous les deux ! Je n'en reviens pas. Ma mère qui a l'air archi heureuse, lui, en jean déchiré, trop cool. Je sens que ça peut être chouette leur histoire.

Je décide de faire mon possible pour contribuer à sa réussite. Quitte à fayoter un peu en classe, ou à rajouter plein de sous-entendus dans mon exposé.

En attendant, je m'applique à mettre la table.

Lorsque, satisfaite, je contemple mon œuvre, maman s'exclame :

– Mais il manque un couvert !

– Comment ça ?

– Ben, il y a son fils qui vient ! Je ne te l'ai pas dit ?

– Ben non, tu me l'as pas dit, tu ne me dis jamais rien ! Depuis quand il a un fils ? Quel âge il a d'abord, son fils ?

– Je croyais t'en avoir parlé... Désolée. Il doit avoir sept ou huit ans. Il est sûrement très sympa.

– Ah ouais ? Qu'est-ce que t'en sais ? Tu vois son père en train de te dire : « J'ai un fils complètement abruti, méchant et moche » ?

Alors que je m'habitue à peine à l'idée d'une nouvelle vie amoureuse pour ma mère et à une cohabitation avec mon prof de français, j'apprends qu'il faudra que je supporte un demi-frère ! Mais un demi-frère, j'en ai déjà un ! En plus, si ça se trouve, le fils de monsieur Pic ne joue plus aux Playmobil !

Je m'enferme dans ma chambre, énervée. Ma mère, obnubilée par ses préparatifs, ne s'aperçoit même pas que je boude. Je me reprends. J'ai décidé de les aider à tomber dans les bras l'un de l'autre, je ne vais pas abandonner si vite.

Le fils, je m'en occupe. S'il n'est pas réglo, il verra de quoi je suis capable au nom de l'amour ! Je m'imagine avec une belle cape rose et un cupidon qui clignote sur la poitrine en sauveuse de l'amour !

Un Pic épique

Le décor : un salon accueillant, les coussins disposés harmonieusement sur le canapé, un bouquet de fleurs sur la table basse, les livres alignés dans la bibliothèque, la table recouverte d'une nappe joliment fleurie, une ambiance musicale douce et exotique.

Les personnages : la mère habilement maquillée, discrètement parfumée, habillée de neuf (la robe verte d'hier), fébrile mais digne. La fille, sobrement vêtue (voir plus haut), regarde ses mains à intervalles réguliers. L'invité simple et chic à la fois, poliment intéressé. Le fils… surprenant.

Gustave. Il s'appelle Gustave. Gustave Pic. Il a huit ans.

Commençons par le début.

Ils sonnent, maman ouvre.

Bonjour. Bonjour. Jusqu'ici tout va bien. Pascal a l'air absolument ravi :

– Quel joli salon, quelle jolie vue, tu as une jolie chambre…

Maman est très à l'aise, ou alors elle fait bien semblant.

Moi, je suis polie. Juste ce qu'il faut. Ni trop, ni trop peu.

Ça commence à être étrange quand Gustave se décide à parler. Il profite d'un court instant de silence pour attaquer ma mère de front.

– Il semblerait que vous ayez refusé naguère d'épouser mon père. Je ne vous en veux certes pas, mais cela me paraît tout à fait insensé, non ?

Bien bien bien… Voilà voilà voilà… Qu'est-ce que c'est que ça ?

– Je te demande pardon ?

Réponse habile de ma mère, uniquement destinée à gagner du temps.

– Eh bien oui, car enfin… Mon père était, à l'époque, fort beau garçon. Il est drôle, intelligent. N'est-ce pas ce qu'une jeune femme souhaite ?

– Oui. C'est vrai. Tu as raison. Je ne devais pas avoir toute ma tête à ce moment-là. Je ne vois pas d'autre explication. Qu'en penses-tu ?

– Ça doit être ça. L'avez-vous retrouvée ?

– Quoi donc ?

– Votre tête. Vous pourriez peut-être reconsidérer l'éventualité d'un mariage avec mon père ?

– GUSTAVE ! s'écrie Pascal. Ça suffit ! Tu mets Hélène très mal à l'aise.

– Non, non, Pascal, ça va, répond ma mère d'une petite voix fluette.

Moi, je file dans la salle de bains. Je n'arrive plus à me retenir. Je suis écroulée de rire. Il doit être surdoué, ou quelque chose comme ça.

De retour au salon, je m'aperçois que la situation s'est nettement améliorée. La conversation a pris un tour sociologique. Le sujet : comment les femmes se conduisent face à une demande en mariage.

– J'ai lu un article très intéressant à ce sujet, explique Gustave. Voyez-vous Hélène, les femmes espèrent toutes plus ou moins rencontrer le prince charmant, mais quand il se présente et leur propose de les épouser, elles trouvent ça trop beau pour être vrai. Par conséquent, elles le fuient, pensant qu'il pourrait être dangereux. Si ça vous intéresse, je vous ferai une photocopie.

– Volontiers. Merci Gustave. Ça a l'air très intéressant effectivement.

Pendant le repas, maman et Pascal mettent en place une technique assez efficace : elle va souvent à la cuisine, et lui va l'aider. Je me retrouve donc avec un gosse de huit ans qui parle comme un homme politique de soixante-dix ans. Et franchement, je n'ai aucune envie de faire le moindre effort.

– C'est joli, comme prénom, Rose.

– Merci.

– Elle a l'air cool ta mère.

– Assez, oui.

– Tu crois qu'on pourrait les remettre ensemble tous les deux? Ça me changerait un peu, parce que ma mère, je sais pas si t'es au courant, mais elle est complètement dingue.

– Ah ? Non, je ne savais pas. Attends deux secondes, tu parles normalement, là ! Ils sont où tes « voyez-vous, par conséquent, il semblerait » et tout le tralala ?

– Ah ? Ça ! C'est juste pour rigoler un peu. Sinon, les grands sont tellement ennuyeux ! Je préfère les mettre mal à l'aise, c'est un peu cruel, mais ça m'amuse. Ta mère s'en est bien sortie je trouve. C'est pas comme l'autre…

– Quelle autre ?

– La dernière copine de papa. Une vraie débile. Elle l'appelait soit « mon petit lapin », soit « mon Minou ». En plus, elle…

Comme Pascal arrivait avec le feuilleté, suivi de près par maman, Gustave s'est interrompu. Dommage, ça commençait à devenir intéressant.

Qui se ressemble s'assemble

Finalement, tout se passe bien. Gustave réussit son show. Je note au passage que Pascal, malgré ses « Tss-tss » et autres « S'il te plaît Gustave », ne perd pas une miette des réponses de ma mère. J'imagine qu'elle passe l'examen haut la main, puisque Gustave s'avoue vaincu au moment du gâteau aux kiwis : il n'a plus de questions. Maman en profite pour aller préparer le café. Elle me demande de l'aider à débarrasser. Nous nous retrouvons dans la cuisine.

– Apparemment, Gustave est un enfant précoce.

– Non ? Vraiment ?

– J'espère que vous vous entendrez bien quand même… Je veux dire, si on les revoit !

– Hmmm hmmm. Maman, tu te souviens que j'ai rendez-vous avec Baptiste cet après-midi ?

– Ah oui ! Mince, ça m'embête que Gustave reste tout seul, il risque de s'ennuyer.

– Quoi ? Tu es en train de me demander de l'emmener ?

– Non, bien sûr... Enfin, je ne crois pas que ça embêterait Baptiste. Il est tellement serviable.

– Lui peut-être, mais pas moi. C'est hors de question !

Je suis à deux doigts de partir immédiatement ! Mais il faut que je téléphone à Baptiste d'abord. Du coup je retourne au salon en rongeant mon frein. Au bout de cinq minutes de souvenirs de la fac, je m'éclipse, sous le regard implorant de Gustave, qui commence à franchement s'ennuyer. Je lui fais signe que je suis désolée, et je plonge sur le téléphone.

– Allô ? Baptiste ?

– Ah ! Rose, j'allais justement t'appeler ! Je n'en peux plus. Et toi ?

– Bof ça va, ça s'est pas trop mal passé.

– Tu peux sortir maintenant ? On se retrouve au parc dans dix minutes ?

– Oui. Mais il y a un léger problème. Mon prof est venu avec son fils. Ma mère a peur qu'il s'ennuie s'il reste seul avec eux…

– Ben emmène-le ! Comme ça j'embarque ma petite cousine, ça me fera une super excuse pour quitter mes grands-parents !

Gustave est trop content de sortir avec moi. Quant à ma mère et Pascal, n'en parlons pas.

J'ai l'impression de me transformer en voyante extralucide : j'entends ce qu'ils pensent sans qu'ils aient besoin de parler. En gros, ça donne : « Enfin seuls » !

Sur le chemin du parc, je m'inquiète un peu, j'aurais dû prévenir Baptiste que Gustave est spécial…

Maintenant, il est préoccupé par la cousine de Baptiste. Les filles étant son sujet de prédilection, une nouvelle rencontre l'excite beaucoup.

– Je n'ai jamais été très doué avec les filles, m'explique-t-il. Surtout les normales... J'aimerais bien en rencontrer une comme moi, tu vois. Ce serait plus simple. Les filles de ma classe ont trois ans de plus que moi, mais dans leur tête, elles en ont cinq de moins.

Enfin, nous arrivons au rendez-vous. Baptiste flanqué de sa cousine, et moi de mon demi-frère potentiel. Je ne sais pas comment dire bonjour à Baptiste. Ça me gêne de l'embrasser devant les enfants. Héloïse (la cousine) me met à l'aise :

– Ne vous gênez pas pour moi, Rose. Baptiste m'a dit que vous étiez amoureux l'un de l'autre. C'est bien naturel dans ces conditions de s'embrasser sur la bouche.

– Chère mademoiselle, répond Gustave sous le charme, comme je suis d'accord avec vous ! Je suis moi-même toujours étonné de la gêne éprouvée par certains adultes pour des sujets qui n'en valent pas la peine.

– Héloïse Klemer. Enchantée. À qui ai-je l'honneur ?

– Gustave Pic. Pour vous servir.

Et les voilà partis bras dessus bras dessous. Baptiste et moi, nous restons plantés, comme deux vieux croûtons, ne sachant plus quoi nous dire, et sans oser nous embrasser !

Nous reprenons nos habitudes rapidement et l'après-midi se passe très bien, jusqu'à ce que mes antennes de fille amoureuse détectent une présence malfaisante. Nina.

I am a woman in love

– Tiens salut, Rose.

Elle connaît mon prénom ?

– Bonjour Baptiste.

– Bonjour, je crois qu'on se connaît, mais je ne me souviens plus de ton prénom, lui répond Baptiste.

Ouf. Ça va mieux.

– Nina. Je suis au collège. Tu ne te souviens pas de moi ?

– Non, désolé.

– Pas grave. Tu sais, j'étais au concert hier soir. Je t'ai trouvé vraiment génial.

– Merci.

– Il paraît que tu reviens au collège demain ?

– Oui.

– Je peux passer te prendre chez toi demain matin si tu veux.

– Merci. C'est vraiment très gentil de ta part.

Hmpfff. J'ai le souffle coupé comme si je venais de prendre un coup de tête.

– Mais, en fait, ce n'est pas possible. Je dors chez Rose ce soir.

– Comment ça ? demande Nina en me regardant.

– Je ne vais pas te faire un dessin ? Rose et moi on est ensemble, tu vois. Alors je dors chez elle. Il va falloir que tu trouves quelqu'un d'autre.

Je l'aime. Je l'aime. Je l'aime.

Dès que Nina nous tourne le dos, il se penche vers moi, content de lui, genre tout est normal. On s'aime, on a quatorze ans, je viens dormir chez toi. On va se marier.

Moi, je ne me suis pas encore faite à l'idée de dormir avec lui.

– Pitié, pas cette tête, Rose ! J'ai dit ça comme ça, pour me débarrasser d'elle ! Enfin, si tu veux que je dorme chez toi, bien sûr, y a pas de problème !

– Ah ! Ah ! Très drôle ! N'empêche que demain elle va annoncer au collège entier que tu as dormi chez moi.

– Et alors ? Tu as honte de moi ?

– Non, pas du tout. Mais tu vois, moi au collège je suis plutôt dans la catégorie des filles transparentes.

– Super ! Comme ça les autres ne te dragueront pas ! Ça m'arrange !

– Et au fait, tu sais dans quelle classe tu seras ?

– Oui. Je suis allé voir le principal pour lui demander de me mettre dans ta classe. Je lui ai dit que, comme on allait se marier, c'était ce qu'il y avait de plus simple.

– Non ! T'as pas fait ça ?

– À ton avis, chérie ?

Je n'ai pas le temps de répondre... Un baiser aussi soudain qu'attendu m'en empêche.

Allongée sur la pelouse, la tête sur son épaule, je regarde les nuages. Je cherche des animaux ou des visages, mais je ne vois que des cœurs. Ronds, allongés et même doubles. Je suis avec Baptiste. Je suis amoureuse. Je suis bien.

On va pas s'arrêter là !

On va pas s'arrêter là quand même ! Pour prolonger le plaisir, voici les livres, les films et les chansons d'amour préférés des protagonistes que j'ai interviewés pour vous.

Ma mère

– À mon avis, il n'y a rien de mieux que *L'éducation sentimentale* de Gustave Flaubert. J'ai dû le lire à ton âge. Ou un peu après peut-être. Il est dans la bibliothèque si tu veux.

– Non. Je fais une petite pause niveau lecture pour l'instant. Et les chansons d'amour ?

– Oui ?

– Eh ben, c'est laquelle ta préférée ?

– *Ne me quitte pas* de Jacques Brel. Sans hésitation.

– Mais c'est hyper triste !

– Non. Je ne trouve pas. Et puis ce n'est pas parce que c'est triste que ce n'est pas une chanson d'amour.

– Hmm. Et ton film préféré, il est triste aussi ?

– Oui. *Sur la route de Madison*, très triste mais très beau. C'est avec deux grands acteurs : Clint Eastwood et Meryl Streep. J'étais amoureuse de Clint Eastwood quand j'étais ado. C'est lui qui a réalisé le film.

M. Pic

– *Belle du Seigneur* d'Albert Cohen sans aucun doute. Ma première grande émotion de lecteur. C'est un peu grâce (ou à cause) de ce livre que je suis devenu prof de français.

– Ah oui ?

– Ça t'étonne on dirait. Tu m'as demandé quoi d'autre ? Ah oui, ma chanson d'amour préférée... Barbara : *Ma plus belle histoire d'amour*. Rien que d'en parler, j'en ai des frissons.

– Connais pas.

– Je te ferai écouter si tu veux. Mon film préféré, tu dois le connaître, c'est *Edward aux mains d'argent* de Tim Burton.

– Ah oui ! Je l'ai vu il y a longtemps. C'était sympa, c'est vrai.

Fred

– Tu te souviens du roman dont je t'ai parlé ?

– Le roman de science-fiction ?

– Oui, *La nuit des temps* de Barjavel. C'est vraiment mon préféré.

– Et ta chanson ?

– *Je l'aime à mourir.*

– Ah oui ? Tiens...

– Tu voulais connaître mon film d'amour préféré aussi... Pour ton exposé, ça n'ira pas je pense.

– Je l'ai déjà rendu de toute façon.

– Ah ? Enfin, c'est *Quatre mariages et un enterrement*. Ça te va ? Tu veux que je demande à Clarisse ?

– Non, non, c'est bon. Merci.

Louisa

– Quand tu seras un peu plus vieille, je te conseille *Vingt-quatre heures de la vie d'une femme* de Stefan Zweig. C'est très nostalgique, mais tellement beau. D'ailleurs tu devrais lire tout Stefan Zweig !

– Il a écrit combien de livres?

– Beaucoup. Ça t'occupera pendant à peu près un an.

– Ben pas tout de suite alors. Tu as dit que ce serait pour quand je serai beaucoup plus grande!

– De toute façon, je ne sais pas si ça te plaira. C'est comme pour ma chanson préférée. Tu la trouveras sûrement ringarde. Mais c'est vraiment ma préférée. Je te la chante?

– Euh... Après si tu veux. C'est quoi le titre?

– *I am a woman in love*, par Barbra Streisand. C'est sûr qu'elle chante mieux que moi.

– Et ton film?

– *Quand Harry rencontre Sally* avec Billy Crystal et Meg Ryan. Tu connais?

– Non.

– Je te le prêterai, je l'ai en cassette.

– Tu l'as pas en DVD plutôt?

Mina

– Je t'ai déjà donné une liste entière. Ça ne te suffit pas ?

– Si, si. Mais je voulais connaître ta chanson d'amour et ton film préférés.

– *Ne retiens pas tes larmes* d'Amel Bent et *Love actually*. C'est tout ?

– Oui, merci Mina.

Lucille

– Je viens de lire *Et si c'était vrai* de Marc Levy. J'ai adoré. C'est le fantôme d'une femme qui apparaît dans l'appartement d'un homme, David. Elle croit qu'elle est encore en vie. Il veut l'aider. C'est génial.

– Tu me le passeras ?

– O.K. Mais avant, tu me rendras mon best of de Céline Dion ?

– Je l'ai toujours pas écouté.

– Eh ben tu devrais. Dessus, y a ma chanson préférée : *Pour que tu m'aimes encore*.

– Ah ouais ? C'est de Céline Dion ?

– Ouais. C'est elle qui chante la B.O. de *Titanic*, mon film d'amour préféré. C'est bien ce que tu m'as demandé, non ?

Baptiste

– J'ai bien aimé *Le zèbre* d'Alexandre Jardin. C'est l'histoire d'un homme très amoureux de sa femme (comme moi) qui ne veut pas que leur amour s'effrite (comme moi). Il monte tout un stratagème pour la reconquérir. Si besoin, je le relirai dans une vingtaine d'années quand tu commenceras à te lasser de moi. Sinon, comme chanson, *Nothing else matters* de Metallica, mais je te l'ai déjà dit.

– Et un film ?

– Euh… *Cry baby* peut-être. Avec Johnny Depp. C'est une comédie musicale complètement délirante de John Waters. On louera le DVD pour le regarder tous les deux dès qu'on aura installé un home cinéma dans notre chambre.

TABLE DES MATIÈRES

Le thème que j'aime 7
Ose, Rose 12
B comme bibliothèque,
bizarre, Baptiste 17
C'est bien mais c'est triste 23
T'es vraiment débile, tu sais 29
Ma mère cultive le mystère 34
Fred s'en mêle 40
Révélations 45
À trois, je recommence à respirer 50
Bibliothèque, acte IV 56
Le séducteur 60
Les copines de ma mère 66
Âmes sensibles s'abstenir 71
Des illusions - Désillusion 75
Qu'est-ce qu'on s'aime ! 81
Comment parler pour ne rien dire 85
Et si on parlait vraiment ? 90
L'une s'agite, l'autre cogite 95
Le séducteur est de retour 100
Rendez-vous avec l'amour 106
Devine qui c'est ? 111
Bienvenue au club 116

Vingt baisers plus tard 121
La ruse de Rose 126
Pic et fils 130
Un Pic épique 134
Qui se ressemble s'assemble 139
I am a woman in love 144

On va pas s'arrêter là ! 147

L'AUTEUR

Nathalie Denes a passé plusieurs années à trouver un métier qui lui plaise. À trente-sept ans, elle est enfin satisfaite : elle est devenue auteur. Elle aime rire, lire, écrire et dormir, mais aussi skier, jardiner et manger. Elle habite en région parisienne où elle passe beaucoup de temps à regarder ses filles grandir et faire des souplesses arrière. D'un point de vue culinaire, elle a connu un certain succès auprès de ses amis en réalisant des gâteaux roses et verts dans les années quatre-vingt-dix.
Pour finir, il faut préciser qu'elle dit parfois des gros mots en conduisant.

L'ILLUSTRATRICE

Née en 1977, **Séverine Aubry** rêve de passer ses jours à dessiner. Mais une orientation scientifique au lycée la conduit à étudier le design industriel puis à faire du packaging dans la parfumerie.
Plus tard, afin d'exprimer sa créativité, elle se lance en solo dans l'illustration : car il vaut mieux réussir sa Vie que réussir dans la vie…
Séverine adore les couleurs, déteste ce qui est triste et aime surfer du mignon au mystérieux. Elle travaille pour l'édition, la presse et la communication.

DANS LA MÊME COLLECTION

à partir de huit ans

L'amour c'est tout bête, G. Fresse.
B comme Amour, N. Denes.
Une baleine sur la plage de Saint-Malo, R. Judenne.
Le blog des animaux, M. Cantin.
Une certaine Clara Parker, S. Valente.
La chambre des chats, M. Freeman.
Mon chat mes copines et moi, M. Cantin.
Chien riche, chien pauvre, K. Cave.
Mon chien va à l'école, C. Cahour.
Le club des animaux, M. Cantin.
Comment devenir parfait en trois jours, S. Manes.
Comment je suis devenue grande, B. Hammer.
Confidences entre filles, F. Hinckel.
Les disparus de Fort Boyard, A. Surget.
La drôle de vie d'Archie, A. Laroche.
L'été des jambes cassées, C. Le Floch.
Expert en excuses, K. Tayleur.
Expert en mensonges, K. Tayleur.
Le fils des loups, A. Surget.
Fils de sorcières, P. Bottero.

La grande évasion des cochons, L. Moller.
L'hiver des gros ventres, C. Le Floch.
Le jour où j'ai raté le bus, J.-L. Luciani.
Mon journal de guerre, Y. Mauffret.
La lettre mystérieuse, L. Major.
La maison à cinq étages, G. McCaughrean.
Où sont les animaux ?, D. Nielandt.
La petite fille qui vivait dans une grotte, A. Eaton.
La plus grosse bêtise, É. Brisou-Pellen.
Ma première fête surprise, N. Charles.
Ma première soirée pyjama, N. Charles.
Mon premier week-end sans parents, N. Charles.
Le prince de mes rêves, R. Flynn.
Princesse en danger, P. Bottero.
Le ranch des mustangs : **Cheval de feu**, S. Siamon.
Le ranch des mustangs : **Cheval de rêve**, S. Siamon.
Au royaume des dinosaures, R. Judenne.
Une sorcière à la maison, V. Petit.
Un vampire à l'école, Y.-M. Clément.
Vive les punitions !, G. Jimenes.
Le vrai prince Thibault, É. Brisou-Pellen.
La vraie princesse Aurore, É. Brisou-Pellen.
Zanzibar toi-même !, C. Couprie / G. Magro.

Retrouvez la collection
Rageot Romans
sur le site www.rageot.fr

Achevé d'imprimer en France en février 2009
par l'imprimerie Maury.
Dépôt légal : mars 2009
N° d'édition : 4867 - 01
N° d'impression : 144398